François Mauriac est né à Bor
à Paris en 1970. Fils d'un propri   de vignobles du
bordelais, il perdit son père très jeune, et reçut de sa
mère une éducation catholique stricte. Il fit des études
de lettres à l'université de Bordeaux ; après avoir
obtenu sa licence, et malgré les réticences de sa
famille, il s'installa à Paris pour écrire.

François Mauriac publia en 1909 *Les mains jointes*,
son premier recueil de poèmes, salué par Maurice Bar-
rès, qui l'encouragea à continuer d'écrire. En 1913, à
moins de trente ans, il publia son premier roman, *L'enfant chargé de chaînes*, qui lui valut d'être considéré
comme l'un des meilleurs romanciers de sa généra-
tion. Mobilisé pendant la guerre de 1914-1918, il en
revint gravement malade. François Mauriac écrivit
ensuite une douzaine de romans, dont *Le baiser au
lépreux* (1922), *Génitrix* (1923), *Thérèse Desquey-
roux* (1927), *Le nœud de vipères* (1932), ainsi que des
pièces de théâtre, qui rencontrèrent immédiatement le
succès (*Asmodée*, 1937, *Les mal aimés*, 1945 et *Le feu
sur la terre*, 1950) et des essais, comme *La vie de Jean
Racine* (1928), *La vie de Jésus* (1937), *Ce que je crois*
(1963), qui éclairent les aspects religieux de son
œuvre. Il participa à la Résistance et publia dans la
clandestinité, aux Éditions de Minuit, un journal dans
lequel il plaida, face à l'horreur du nazisme, pour un
humanisme chrétien. Il s'insurgea également contre
les exactions commises pendant l'épuration et les
guerre coloniales ; il livra ses choix politiques et ses
réflexions notamment dans son *Journal* (1934-1951),
et dans ses *Bloc-Notes* de *L'Express* et du *Figaro lit-
téraire*.

François Mauriac entra à l'Académie française en
1933, et reçut le prix Nobel de littérature en 1952.

LE SAGOUIN

FRANÇOIS MAURIAC
de l'Académie française

LE SAGOUIN

PLON

Le papier de cet ouvrage est composé de fibres naturelles, renouvelables, recyclables et fabriquées à partir de bois provenant de forêts plantées et cultivées durablement pour la fabrication du papier.

© Librairie Plon, 1951.
ISBN : 978-2-266-02313-9

I

« POURQUOI me soutenir que tu sais ta leçon? Tu vois bien que tu ne la sais pas!... Tu l'as apprise par cœur? vraiment? »

Une gifle claqua.

« Monte à ta chambre. Que je ne te voie plus jusqu'au dîner. »

L'enfant porta la main à sa joue, comme s'il avait eu la mâchoire brisée :

« Oh! là! là! vous m'avez fait mal! (Il marquait un point, il prenait son avantage.) Je le dirai à Mamie... »

Paule saisit avec rage le bras fluet de son fils et lui administra une seconde gifle.

« A Mamie? et celle-là? Est-ce à papa

7

que tu vas aller t'en plaindre? Eh bien, qu'est-ce que tu attends? Allons... va! »

Elle le poussa dans le couloir, ferma la porte, la rouvrit pour jeter à Guillaume son livre et ses cahiers. Il s'accroupit et les ramassa, toujours pleurant. Puis d'un seul coup, le silence : à peine un reniflement dans l'ombre. Il détalait enfin!

Elle écoutait le bruit décroissant de sa course. Bien sûr, ce n'était pas dans la chambre de son père qu'il irait chercher un refuge. Et puisque à ce moment même, sa grand-mère, sa « Mamie », tentait pour lui une démarche auprès de l'instituteur, il irait se faire plaindre à la cuisine par Fräulein. Déjà il devait « lécher une casserole » sous le regard attendri de l'Autrichienne. « Je le vois d'ici... » Ce que Paule voyait, quand elle pensait à son fils, c'étaient des genoux cagneux, des cuisses étiques, des chaussettes rabattues sur les souliers. A ce petit être sorti

8

d'elle, la mère ne tenait aucun compte de ses larges yeux couleur de mûres, mais en revanche elle haïssait cette bouche toujours ouverte d'enfant qui respire mal, cette lèvre inférieure un peu pendante, beaucoup moins que ne l'était celle de son père, — mais il suffisait à Paule qu'elle lui rappelât une bouche détestée.

La rage en elle refluait : la rage, ou simplement peut-être l'exaspération? Mais il n'est pas si aisé de discerner l'exaspération de la haine. Elle revint dans la chambre, s'arrêta un instant devant la glace de l'armoire. Cette blouse de laine verdâtre, elle la reprenait à chaque automne, l'encolure était trop large. Ces taches avaient reparu malgré le nettoyage. La jupe marron, mouchetée de boue, était légèrement relevée par-devant comme si Paule eût été enceinte. Dieu savait pourtant!

9

Elle prononça à mi-voix : « La baronne de Cernès. La baronne Galéas de Cernès. Paule de Cernès... » Un sourire détendit sa bouche sans éclairer ce visage bilieux, envahi de poils follets (les garçons de Cernès se moquaient des favoris de Mme Galéas). Elle riait toute seule, songeant à la fille qu'elle avait été et qui, treize ans plus tôt, devant un autre miroir, s'encourageait à franchir le pas, en répétant ces mêmes mots : « Le baron et la baronne Galéas de Cernès... *M. Constant Meulière, ancien maire de Bordeaux, et Mme Meulière ont le plaisir de vous faire part du mariage de leur nièce Paule Meulière avec le baron Galéas de Cernès.* »

Ni son oncle ni sa tante, bien qu'ils fussent impatients de se débarrasser d'elle, ne l'avaient poussée à cette folie; ils l'avaient même mise en garde. Au lycée, qui donc lui aurait appris à vénérer les titres? A quelle impulsion avait-elle cédé? Elle se sentait

10

incapable aujourd'hui de la définir. La curio-
sité peut-être, le désir de forcer l'entrée d'un
milieu interdit... Elle n'avait jamais oublié,
au jardin public, ce groupe des enfants nobles : les Curzay, les Pichon-Longueville,
avec lesquels il n'était pas question de jouer.
La nièce du maire tournait en vain autour
des pimbêches : « Maman nous défend de
jouer avec vous... » La jeune fille avait voulu
venger l'enfant sans doute. Et puis ce mariage, c'était une porte, croyait-elle, ouverte
sur l'inconnu, un point de départ vers elle
ne savait quelle vie. Elle n'ignore plus aujourd'hui que ce qu'on appelle un milieu
fermé, l'est à la lettre : y pénétrer semblait
difficile, presque impossible; mais en sortir!...

Avoir perdu sa vie pour ça! Ce n'était
pas un regret qui lui vînt de temps à autre
et c'était beaucoup plus qu'une obsession :
une présence, une contemplation de tous les
instants, un face à face avec cette vanité

11

imbécile, avec cette bêtise criminelle, clef de
son irréparable destin. Pour comble elle ne
devint même pas « Mme la baronne ». Il
n'existait qu'une Mme la baronne : sa belle-
mère, la vieille. Paule ne serait jamais que
Mme Galéas. On lui accolait le prénom
insolite de l'idiot. Ainsi participait-elle
plus étroitement à cette déchéance qu'elle
avait épousée, qu'elle avait faite sienne à
jamais.

La nuit, cette dérision du sort, l'horreur
de s'être vendue pour une vanité dont l'ombre même lui était dérobée, occupait son
esprit, la tenait éveillée jusqu'à l'aube. Même
lorsqu'elle se distrayait avec des histoires,
avec des imaginations parfois obscènes, le
fond de sa pensée demeurait immuable : elle
se débattait toute la nuit dans les ténèbres
d'une fosse où elle-même s'était précipitée
et d'où elle savait qu'elle ne remonterait pas.
Toujours la même nuit, quelle que fût la

12

saison : dans les vieux peupliers de la Caro-
line, tout près de sa fenêtre, des chouettes
d'automne hurlaient à la lune comme des
chiens, moins odieuses mille fois que les ros-
signols implacables du printemps. Cette
même fureur d'avoir été dupe l'accueillait
au réveil, l'hiver surtout, à l'heure où Fräulein tirait brutalement les rideaux : Paule,
émergeant des ténèbres, voyait à travers la
vitre quelques fantômes d'arbres, sous des
haillons de feuilles, agiter dans le brouillard
leurs membres noirs.

Encore était-ce le meilleur de la journée,
ces matins où dans la chaleur du lit désert
elle s'engourdissait. Le petit Guillaume ou-
bliait volontiers de venir l'embrasser. Souvent Paule entendait derrière la porte la
vieille baronne qui pressait à mi-voix l'enfant
d'aller auprès de sa mère. Autant qu'elle
détestât sa belle-fille, elle ne transigeait pas
sur les principes. Guillaume alors se glissait

13

dans la chambre et, depuis le seuil, observait dans les oreillers cette tête redoutable, ces cheveux tirés sur les tempes et qui découvraient un front étroit, mal délimité, cette joue jaune (et le point de beauté parmi un duvet noir) sur laquelle il appuyait vite ses lèvres; et il savait d'avance que sa mère essuierait la place de ce rapide baiser et qu'elle dirait avec dégoût : « Tu me mouilles toujours... » *elle déteste Guillaume*

Elle ne luttait plus contre ce dégoût. Etait-ce sa faute si elle n'obtenait rien de ce pauvre être? Que faire d'un enfant borné, sournois, qui se sent soutenu par sa grand mère et par sa vieille Fräulein? Mais la baronne elle-même commençait à entendre raison : elle avait consenti à tenter une démarche auprès de l'instituteur. Oui, de l'instituteur laïque! On n'avait pas le choix : le curé desservant trois paroisses logeait d'ailleurs à plus d'une lieue du château. Deux fois,

LE SAGOUIN

en 1917 et en 1918 après l'armistice, on
avait essayé de mettre Guillaume pensionnaire, d'abord à Sarlat, chez les jésuites, puis
dans un petit séminaire des Basses-Pyrénées.
Il avait été renvoyé au bout d'un trimestre :
ce petit sagouin salissait ses draps; ces mes-
sieurs n'étaient pas outillés, surtout durant
ces années-là, pour accueillir des enfants
arriérés ou infirmes.

Cet instituteur, ce jeune frisé aux yeux
rieurs, ce rescapé de Verdun, comment rece-
vrait-il la vieille baronne? Serait-il flatté
qu'elle se fût dérangée pour lui? Paule s'était
dérobée à l'entrevue : elle n'osait plus affron-
ter personne; ce brillant maître d'école, surtout, lui faisait peur. Le régisseur de Cernès,
Arthur Lousteau, un « Action française »
pourtant, l'admirait, assurait qu'il irait loin...
La vieille baronne, comme tous les nobles
de campagne, songeait Paule, savait parler
aux paysans. Elle connaissait les finesses du

15

patois. C'était même l'un des charmes qu'on pouvait lui trouver encore que ce vieux langage dont elle usait avec une grâce surannée... Oui, mais l'instituteur socialiste était d'une autre race, et les manières trop affables de la baronne lui paraîtraient peut-être injurieuses. Cette affectation de supprimer les distances ne prenait plus auprès des garçons de cette espèce. Enfin! il était revenu blessé de Verdun : cela créerait un lien avec la vieille dame dont le fils cadet, Georges de Cernès, avait « disparu » en Champagne.

Paule ouvrit la fenêtre et vit au bout de l'avenue la maigre silhouette penchée de la baronne. Elle s'appuyait fortement sur sa canne. Le chapeau de paille noire était perché haut sur son chignon. Elle avançait entre les vieux ormes embrasés, elle-même tout enveloppée du soleil à son déclin. Paule s'aperçut que la vieille parlait seule, faisait des gestes. Ce n'était pas bon signe qu'elle fût ainsi agitée. La jeune femme descendit l'escalier à double circonvolution, qui était la merveille de Cernès, et la rejoignit dans le vestibule.

« Un goujat, ma fille, comme il fallait s'y attendre.

— Il refuse? Etes-vous certaine de ne pas l'avoir froissé? de ne pas avoir pris vos grands airs? Je vous avais pourtant expliqué... »

La vieille agitait la tête, mais c'était cette protestation involontaire des vieillards qui paraissent dire non à la mort. Et une fleur d'étoffe blanche bougeait drôlement sur le chapeau de paille. Ses yeux étaient voilés de larmes qui ne coulaient pas.

« Quel prétexte vous a-t-il opposé?

— Il a dit qu'il n'avait pas le temps... que le secrétariat de la mairie ne lui laisse aucun loisir...

— Allons donc! il a dû trouver d'autres raisons...

— Mais non, ma fille, je vous assure. Il en venait toujours à ses occupations, il n'a pas voulu en démordre. »

La baronne de Cernès se tenait à la rampe et s'arrêtait souvent pour reprendre haleine. Sa bru la suivait pas à pas, de marche en marche, la harcelait de questions avec cet accent de rage obstinée dont elle n'avait pas conscience. Elle s'aperçut pourtant qu'elle faisait peur à la vieille et s'efforça de baisser le ton; mais ses paroles sifflaient entre les dents serrées.

« Pourquoi m'avez-vous dit d'abord qu'il s'était conduit comme un goujat? »

La baronne s'assit sur la banquette du palier, branlant toujours la tête, et sa grimace était peut-être un sourire. Paule se remit à crier : oui ou non, n'avait-elle pas accusé l'instituteur de goujaterie?

« Non, ma fille, non, j'ai exagéré... Peut-être ai-je mal compris. Il se peut que ce garçon ait parlé en toute innocence... J'ai vu une allusion là où il n'en mettait aucune. »

Et comme Paule insistait : quelles allusions? à propos de quoi?

« C'est lorsqu'il m'a demandé pourquoi nous ne nous adressions pas au curé. Je lui ai répondu que le curé n'habitait pas ici, qu'il avait trois paroisses sur les bras. Alors croyez-vous que ce maître d'école m'a répondu à brûle-pourpoint... Mais non, vous allez vous fâcher, ma fille.

— Que vous a-t-il répondu? Je ne vous lâcherai pas que vous ne me l'ayez répété mot pour mot.

— Eh bien, il a ricané que sur ce seul point il ressemblait au curé : qu'il n'aimait pas les histoires, qu'il ne voulait pas avoir d'histoire avec le château. J'ai compris ce que cela voulait dire... S'il n'avait pas été un blessé de Verdun, je vous prie de croire que je l'aurais obligé à mettre les points sur les i, que j'aurais su vous défendre... »

La rage de Paule tomba d'un coup. Elle baissa la tête. Sans une seule parole, elle redescendit en hâte, décrocha dans le vestibule une pèlerine.

La baronne attendit que la porte fût refermée. C'était bien un sourire qui découvrait son beau râtelier gris. Penchée sur la rampe, elle grommela : « Attrape! » puis tout à coup, d'une voix fêlée mais aiguë, elle appela : « Galéas! Guillou! chéris! » La réponse lui vint aussitôt des profondeurs de l'office et de la cuisine : « Mamie! Maminette! » Le père et le fils grimpaient silencieusement l'escalier, car ils avaient quitté leurs sabots dans la cuisine et gardaient aux pieds des chaussons de laine. Cet appel signifiait que l'ennemie pour un peu de temps s'était éloignée. On pouvait se réunir, se serrer autour de la lampe dans la chambre de Mamie.

Galéas prit le bras de sa mère. Il avait des épaules étroites et tombantes sous un vieux chandail marron, une grosse tête disproportionnée, très chevelue, des yeux enfantins assez beaux, mais une bouche terrible aux lèvres mouillées, toujours ouverte sur une langue épaisse. Le fond de son pantalon pendait. L'étoffe faisait de gros plis sur des cuisses de squelette.

Guillaume avait pris l'autre main de Mamie et la frottait contre sa joue. Il ne retenait des propos entendus que ce qui lui importait : le maître d'école ne voulait pas se charger de lui, il n'aurait pas à trembler devant le maître d'école, l'ombre de ce monstre s'éloignait. Les autres propos de Mamie étaient incompréhensibles. « Je lui ai rivé son clou, à ta femme... » Quel clou? Ils entrèrent tous trois dans la chambre bienaimée. Guillaume gagna son coin entre le

21

LE SAGOUIN

prie-Dieu et le lit. Le dossier du prie-Dieu
était une petite armoire pleine de chapelets
cassés dont l'un, aux grains de nacre, avait
été béni par le pape; un autre fait de noyaux
d'olivier, Mamie l'avait rapporté de Jéru-
salem. Une boîte de métal représentait Saint-
Pierre de Rome. Sur celle-là, souvenir d'un
baptême, brillait en lettres d'argent le nom
de Galéas. Des paroissiens étaient remplis
d'images où souriaient des visages de morts.
Mamie et papa chuchotaient sous la lampe.
Un feu de sarments éclairait vivement les
profondeurs de la chambre. Mamie prit dans
le tiroir du guéridon de minuscules cartes
graisseuses.

« Nous serons tranquilles jusqu'au dîner,
Galéas, tu peux jouer du piano... »

Elle s'absorba dans une réussite. Le piano
avait été transporté dans cette chambre déjà
bourrée de meubles, parce que Paule ne pouvait souffrir d'entendre « tapoter » son mari.

22

Guillaume savait d'avance quels airs son père allait jouer et qu'il les reprendrait d'affilée dans le même ordre. D'abord, *La Marche turque*. Chaque soir, Guillou attendait au même endroit une fausse note. Parfois Galéas parlait sans s'interrompre de jouer. Sa voix blanche semblait muer encore :

« Dites, maman, c'est un rouge, cet instituteur?

— Rouge, tout ce qu'il y a de plus rouge! Du moins, Lousteau l'affirme. »

De nouveau *La Marche turque* reprit son cours trébuchant. Guillaume imaginait cet homme rouge, barbouillé de sang de bœuf. Il le connaissait pourtant de vue, ce boiteux, toujours nu-tête, appuyé sur une belle canne d'ébène. Le rouge devait être caché par les vêtements. Rouge comme un poisson est rouge. Un peu de jour filtrait encore à travers les rideaux tirés. Maman errerait à travers champs jusqu'au dîner comme chaque fois qu'elle était très mécontente. Elle rentrerait décoiffée, avec de la boue au bas de sa robe. Elle sentirait la transpiration. Elle monterait se coucher en sortant de table. On aurait encore une bonne heure devant le feu, dans la chambre de Mamie. Fräulein entra, grande, épaisse, molle : elle trouvait toujours un prétexte pour les rejoindre quand l'ennemie courait les routes : voulaient-ils les marrons bouillis ou grillés? Fallait-il ajouter un œuf pour Guillou? Fräulein introduisait dans la chambre de grand-mère une odeur d'oignon et de souillarde. Elle ne consultait ses maîtres que pour la forme : Guillou aurait son œuf... (on l'appelait ainsi depuis la guerre, puisqu'il avait cette malchance de porter le même prénom que le kaiser — la baronne prononçait « késer »).

Et déjà ils parlaient « d'elle » : « Alors elle m'a dit que ma cuisine était sale. J'ai répondu que j'étais maîtresse dans ma cui-

sine... » Guillaume observait les cous maigres
de Mamie et de papa tendus vers Fräulein.
Pour lui, il demeurait indifférent à ces histoires, n'éprouvant pour les autres ni haine
ni amour. Sa grand-mère, son père, Fräulein
lui dispensaient l'atmosphère de sécurité nécessaire, dont sa mère s'acharnait à le débus-
quer, comme un furet attaque le lapin au
plus profond du terrier. Il fallait en sortir
coûte que coûte et ahuri, hébété, subir les
assauts de cette femme furibonde; alors il se
mettait en boule, attendait que ce fût fini.
Mais grâce à cette guerre qui couvait entre
les grandes personnes, il jouissait d'une certaine paix. Il se cachait derrière Fräulein :
l'Autrichienne étendait sur lui l'ombre de sa
masse tutélaire. Si la chambre de Mamie lui
assurait un refuge plus inviolable que la cuisine, en revanche son instinct l'avertissait
de ne pas se fier à Mamie, ni à la tendresse
de ses gestes, de ses paroles. L'unique Fräu-

lein couvait d'un amour quasi charnel son
poulet, son canard. C'était elle qui le bai-
gnait, qui le savonnait de ses vieilles mains
sales et crevassées.

Cependant Paule avait pris l'allée à gau-
che du perron et atteignit sans être vue, derrière les communs, une route étroite et presque toujours déserte. Elle s'y engagea de son
pas d'homme, avec une étrange hâte, elle qui
n'allait nulle part. Mais la marche l'aiderait
à ruminer les paroles de l'instituteur que sa
belle-mère lui avait rapportées, cette allusion
à son histoire avec l'ancien curé.

L'horreur toujours présente de s'être précipitée elle-même dans ce destin qui était le
sien, eût été supportable, croyait-elle, sans
cette honte subie dès la première année de
son mariage : rien ne pouvait faire qu'elle
ne fût marquée aux yeux de tous, chargée
d'une faute qu'elle n'avait pas commise,

d'une faute plus ridicule encore qu'ignoble.
Mais les vrais responsables de cette calomnie, ce n'était cette fois ni son mari ni la
baronne. Ces ennemis inconnus échappaient
à sa vengeance; à peine les avait-elle aperçus
de loin, au cours d'une cérémonie, ces vi-
caires généraux, ces chanoines qui considé-
raient la belle-fille de la baronne de Cernès
comme une créature dangereuse pour les
prêtres. Cette infamie était connue, colpor-
tée dans tout le diocèse. Trois desservants
s'étaient déjà succédé à Cernès; mais à chacun il avait été rappelé par l'autorité diocé-
saine que la permission de dire la messe
dans la chapelle privée du château avait été
retirée et que, tout en sauvegardant les appa-
rences, il fallait éviter de devenir le familier
de cette famille, si illustre qu'elle fût, « en
raison d'un scandale présent encore à tous
les esprits ».

Depuis des années, à cause de Paule, la

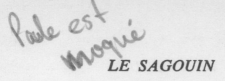

chapelle de Cernès était désaffectée, ce dont se fût bien moqué la jeune femme (l'éloignement de l'église paroissiale lui avait été au contraire un bienheureux prétexte pour n'y mettre jamais les pieds). Mais il n'était personne à dix lieues à la ronde qui ne connût la raison de cet interdit : la belle-fille de la vieille baronne, « celle qui a eu une histoire avec le curé... ». Les plus indulgents ajoutaient qu'on ne savait pas jusqu'où c'était allé. On ne croyait pas qu'ils eussent fait le mal. N'empêche qu'il avait fallu déplacer le prêtre...

Les troncs sont devenus obscurs, mais le bas du ciel reste rouge. Il y a longtemps que Paule n'est plus attentive à ces choses : les arbres, les nuages, l'horizon. Elle en interprète l'aspect parfois, comme les paysans, pour augurer du temps et de la température. Mais cette part d'elle-même est morte qui naguère participait au monde visible, à l'épo-

tout le monde pense que Paule
a nnnn été avec un prêtre → pas
vrai

LE SAGOUIN

que où, à cette même heure et sur cette
même route, elle marchait à côté de ce grand
innocent, de ce jeune prêtre famélique : il
poussait sa bicyclette et lui parlait à mi-voix.
Les paysans qui les regardaient passer ne
doutaient point que l'amour ne fût l'objet
de leurs propos. Or, il n'y avait jamais eu
entre eux que la rencontre de deux solitudes
qui ne se mêlèrent jamais.

Paule entend rire au-delà du tournant de
la route un groupe de garçons et de filles :
ils vont apparaître; elle s'enfonce dans le
taillis pour ne pas les voir, pour n'être pas
vue. Cette fuite imprudente avait autrefois
éveillé les premiers soupçons quand elle
entraînait son compagnon dans un chemin
de traverse. Ce soir, malgré l'humidité qui
monte de la terre, elle se couche dans les
feuilles flétries d'une châtaigneraie, ramène
ses genoux à la hauteur du menton, les bras
noués autour des jambes. Où est-il mainte-

nant, ce pauvre petit prêtre? Elle ne sait pas
où il souffre, mais il souffre s'il vit encore.
Non, il n'y avait rien eu entre eux : ce n'était
pas de cela qu'il s'agissait. Une intrigue eût
paru inimaginable à Paule élevée dans l'horreur des soutanes. Pourtant ces imbéciles
l'avaient classée, d'autorité, dans la catégorie
des maniaques qui harcèlent les hommes
consacrés. Plus rien à faire pour arracher
d'elle cette étiquette. Et lui, avait-il eu des
torts? Il avait répondu aux confidences d'une
jeune femme désespérée non par les conseils
d'un directeur, mais par d'autres confidences : c'était là tout son crime. Elle avait cherché du secours auprès de lui comme elle
était en droit de le faire; mais il l'avait
accueillie en naufragé qui, sur son île déserte,
voit débarquer un compagnon de misère.

Du désespoir de ce lévite, à peine sorti
d'une adolescence attardée, elle n'avait jamais très bien compris les raisons secrètes.

30

Autant que Paule en avait pu juger (ces sortes de questions ne l'intéressaient guère), il se croyait abandonné, inutile. Une espèce de haine lui était venue contre cette humanité paysanne, imperméable, à qui il ne savait pas parler, occupée uniquement de la terre et qui n'avait pas besoin de lui. L'isolement le rendait comme fou. Oui, il était à la lettre fou de solitude. Aucun secours ne lui venait du côté de Dieu. Il avait raconté à Paule que sa vocation s'était décidée sur des états de sensibilité, des « touches de la Grâce » comme il disait, qu'il n'avait plus jamais ressenties, une fois tombé dans la nasse... Comme si quelqu'un après l'avoir appâté et pris au piège, n'avait plus eu souci de lui. C'était du moins ce que Paule croyait avoir compris. Mais tout cela appartenait pour elle à un monde absurde, « impensable ». Elle l'écoutait se plaindre d'une oreille distraite et attendait qu'il reprît souffle, pour parler à son tour : « Et moi... » et ressasser l'histoire de son mariage. Il n'y avait rien eu entre eux que ces monologues alternés. Une seule fois, dans le jardin du presbytère et parce qu'il était à bout de force, il avait, l'espace de quelques secondes, appuyé sa tête sur l'épaule de la jeune femme qui se déroba presque aussitôt. Mais un voisin les avait vus. Tout est venu de là. A cause de ce geste (mais toute la vie de cet homme en devait être changée) devant l'autel du château, la petite lampe ne brillerait jamais plus. La vieille baronne protesta à peine contre cette interdiction, comme si elle avait jugé naturel que la présence de Dieu à Cernès fût incompatible avec celle de cette bru, née Meulière.

Le froid gagne Paule. L'ombre s'épaissit sous les châtaigniers. Elle se lève, secoue sa robe, rejoint la route. Une des tours du château, celle du xiv° siècle, apparaît entre les

32

sapins. Il fait assez sombre déjà pour que ce
muletier ne la reconnaisse pas.

Elle qui supporte depuis douze ans la
honte de cette calomnie et qui sait qu'elle a
cours partout, soudain il lui paraît intolérable que cela soit parvenu aux oreilles d'un
instituteur à qui elle n'a jamais adressé la
parole. Dans le pays, aucun visage mâle ne
lui était étranger; il n'y en avait guère qu'elle
ne reconnût de loin. Mais sans doute l'image
de ce garçon frisé l'avait-elle pénétrée à son
insu, et comme envahie — l'image de ce
maître d'école dont pourtant le nom même
lui demeurait inconnu. Car l'instituteur ni
le curé n'ont besoin d'avoir un nom qui les
désigne : leur fonction suffit à les définir.
Elle ne souffrirait pas qu'il crût un jour de
plus que ce qu'on racontait d'elle était vrai.
Elle lui expliquerait ce qui s'était réellement
passé. Ce même besoin de se livrer, de se
décharger d'un poids intolérable qui, douze

années plus tôt, avait suscité des confidences imprudentes à un prêtre trop jeune et trop faible, voici qu'elle en connaissait de nouveau le tourment. Il lui faudrait vaincre sa timidité, revenir à la charge au sujet de Guillaume. L'instituteur céderait peut-être. En tout cas ils entreraient en rapport, ils pourraient se lier.

Elle accrocha sa pèlerine dans le vestibule. D'habitude, elle se lavait les mains à la fontaine de l'office puis gagnait la salle à manger, celle des domestiques où la famille, depuis la mort de Georges, le fils cadet, prenait ses repas. La salle à manger officielle, immense et glacée, n'était rouverte que pour les vacances de Noël et durant le mois de septembre, lorsque la fille aînée de la baronne, la comtesse d'Arbis, arrivait de Paris avec ses enfants et la fille de Georges, la petite Danièle. Alors les deux garçons du jardinier revêtaient une livrée. Une cuisinière était engagée. On louait deux chevaux de selle.

Ce soir-là, Paule ne gagna pas directement la petite salle à manger et, poussée par le désir de rouvrir au plus tôt le débat au sujet de l'instituteur, se dirigea vers la chambre de sa belle-mère. Elle n'y pénétrait pas dix fois dans l'année. Au moment d'entrer, elle hésita, attentive à ce brouhaha joyeux des trois complices derrière la porte, à un air joué avec un doigt par Galéas. Une réflexion de Fräulein faisait rire aux éclats la vieille baronne, de ce rire complaisant et forcé que Paule exécrait. Elle poussa la porte sans frapper. Comme les automates d'une horloge, ils devinrent tous à la fois immobiles. La baronne demeura un instant la main levée, tenant une carte. Galéas pivota sur le tabouret après avoir fait claquer le couvercle du piano. Fräulein tourna vers l'ennemie sa figure écrasée de chatte qui, en présence d'un chien, aplatit ses oreilles, devient bossue et se prépare à cracher. Guillou, entouré de journaux dans lesquels il découpait des photographies d'avions, posa les ciseaux sur la table et se coula de nouveau entre le prie-Dieu et le lit. Là, il rentra les pattes et se fit cadavre.

Autant que Paule y fût accoutumée, elle n'avait jamais eu une conscience si claire de son pouvoir maléfique sur les êtres avec lesquels il lui fallait vivre. Mais sa belle-mère presque aussitôt se reprit et sourit d'un sourire qui tordait sa bouche, lui manifestant la même amabilité excessive qu'à une étrangère de rang inférieur. Elle s'apitoyait sur les pieds mouillés de la jeune femme, l'invitait à s'approcher du feu. Fräulein grommela que ce n'était pas la peine, qu'elle allait servir la soupe. Comme elle gagnait la porte, Galéas et Guillaume se précipitèrent à sa suite. « Naturellement, songeait la baronne, ils me la laissent sur les bras... »

« Vous permettez, ma fille, que je mette le pare-étincelles? »

Elle s'effaça devant Paule, ne voulut pour rien au monde passer la première et parlant sans cesse, fit en sorte que jusqu'au moment de se mettre à table sa bru ne pût placer un mot. Galéas et Guillou les attendaient debout près de leur chaise. A peine assis, ils lampèrent leur soupe à grand bruit. La baronne les prenait à témoin que ce soir il faisait très doux, que d'ailleurs novembre n'était presque jamais froid à Cernès. Elle avait commencé ce jour-là même ses confitures de melon d'Espagne. Cette année, elle comptait y introduire des abricots secs :

« De ceux que mon pauvre Adhémar appelait si drôlement des oreilles de vieilles, tu te rappelles, Galéas? »

Elle parlait pour parler. Cela seul lui importait que Paule ne rouvrît pas le débat.

37

Cependant elle l'observait, discernait sur cette figure maudite des signes redoutables. Guillaume rentrait la tête dans les épaules parce que sa mère ne le quittait guère des yeux. Lui aussi pressentait le péril et qu'il allait être question de lui. Il avait beau faire bloc avec sa chaise, avec la table, il sentait bien que les propos de Mamie ne remplissaient pas le silence et n'opposaient plus qu'une digue dérisoire à ce qui s'accumulait derrière les lèvres serrées de l'adversaire.

Galéas mangeait et buvait sans lever les yeux, la tête si rapprochée de la nourriture que Paule avait à hauteur de son regard la broussaille grisonnante de cette énorme tête. Il avait faim, ayant travaillé tout le jour au cimetière : c'était son occupation que de l'entretenir. Grâce à lui, il n'existait pas à Cernès de tombes abandonnées. Galéas était tranquille : l'œil de sa femme ne s'arrêtait plus sur lui; il avait cette chance : elle l'avait sup-

38

primé. Aussi était-il le seul qui, à table, pût s'épanouir à l'aise, céder à toutes ses manies, « faire chabrot » (verser du vin dans sa soupe), s'appliquer à des mélanges, des « tambouilles » comme il disait. Il écrasait et triturait tous ses aliments, les étalait dans son assiette, et la baronne avait eu fort à faire pour empêcher Guillaume d'imiter son père, sans porter atteinte au respect qu'il lui devait : papa faisait ce qu'il voulait, il pouvait tout se permettre... Mais Guillou devait se tenir à table comme un garçon bien élevé.

Le petit était à mille lieues de juger son père, n'imaginant pas qu'il pût être différent. Papa appartenait à une espèce de grandes personnes qui ne présentent aucun danger. Voilà ce qu'eût été le jugement de Guillaume s'il avait été capable d'en émettre un. Papa ne faisait pas de bruit, n'interrompait pas l'histoire que Guillaume se racontait à lui-même, il s'y incorporait, ne la troublait pas plus que ne faisaient le bœuf ou le chien. Sa mère, elle, y pénétrait par effraction, s'y maintenait comme un corps étranger dont on ne sent pas toujours la présence, mais tout à coup on sait qu'il est là! Elle a prononcé son nom... C'est fait! il est question de lui. Elle parle de l'instituteur. Guillaume essaie de comprendre. Le voilà tiré par les oreilles hors de son terrier, exposé au jour aveuglant des grandes personnes.

« Alors, ma mère, dites-moi ce que vous voulez faire de Guillaume. Avez-vous une idée? C'est entendu : il sait lire, écrire, à peine compter. A près de douze ans, ce n'est guère... »

Selon la baronne, il n'y avait rien de perdu, il fallait se donner le temps de la réflexion.

« Mais il a été renvoyé de deux collèges. Vous assurez que l'instituteur ne veut pas

de lui. Il reste donc de prendre un précep-
teur à domicile, ou une institutrice. »

La vieille dame protesta vivement : non,
pas d'étranger... Elle tremblait à l'idée d'un
témoin de leur vie à Cernès, de ce que la
vie de Cernès était devenue depuis que
Galéas avait donné son nom à cette furie.

« Mais vous, ma chère fille, peut-être avez-
vous un projet ? »

Paule vida d'un trait son verre et l'emplit
de nouveau. Dès la première année du mariage, la baronne et Fräulein avaient observé
que l'ennemie était portée sur la bouteille.
Depuis que Fräulein marquait d'un trait de
crayon le niveau des bouteilles de liqueur,
Paule cachait dans son armoire des flacons
d'anisette, de cherry, de curaçao, d'apry.
Mais l'Autrichienne les avait découverts. Le
jour où la baronne crut de son devoir de
mettre en garde sa chère fille contre l'abus
des liqueurs fortes, il y eut un tel éclat à

41

Cernès que la vieille dame n'aborda plus jamais ce sujet.

« Je ne vois rien d'autre à tenter, ma mère, que de revenir à la charge auprès du maître d'école... »

Et comme la baronne, les mains levées, protestait qu'elle ne s'exposerait plus, pour rien au monde, à l'insolence de ce communiste, Paule l'assura qu'il n'en pouvait être question et qu'elle-même tenterait cette nouvelle démarche, s'efforcerait de réussir là où sa belle-mère avait échoué. Elle coupa court à toutes les objections, répétant qu'elle y était résolue, que la décision lui appartenait pour tout ce qui touchait à l'éducation de Guillaume.

« Il me semble pourtant que mon fils a son mot à dire!

— Vous savez bien qu'il ne le dira pas.

— En tout cas, ma fille, je suis en droit d'exiger que vous ne parliez à cet individu

qu'en votre nom propre. Je vous laisse libre
de lui dire que j'ignore votre démarche. Mais
si vous répugnez à ce mensonge bénin, j'entends qu'il soit averti que vous êtes venue
chez lui malgré moi, contre mon désir clai-
rement exprimé. »

Paule sur un ton de persiflage invita la
vieille dame à subir en chrétienne cette humi-
liation dans l'intérêt de son petit-fils.

« Oh! ma fille, quoi que vous ayez fait
ou que vous fassiez encore, ne croyez surtout pas que je me sente engagée le moins
du monde. Soit dit sans vous offenser, on ne
saurait être moins que vous ne l'êtes, incor-
porée à la famille. »

Elle gardait le ton de la bonne compagnie
et un sourire retroussant sa longue lèvre
supérieure, découvrait de belles dents trop
intactes. Paule, irritée, déjà se contenait mal :

« Il est vrai que je n'ai jamais tenu à res-
sembler aux Cernès...

— Eh bien, alors, ma chère fille, réjouissez-vous : personne n'a jamais pu vous faire injure au point de vous prendre pour ce que vous n'êtes pas. »

Guillaume aurait voulu se glisser hors de la pièce, mais il n'osait. D'ailleurs cette bataille de dieux qui grondait au-dessus de sa tête l'intéressait, bien que la portée des injures échangées lui échappât. Galéas se leva sans goûter au dessert comme chaque fois qu'il y avait de la crème, laissant les adversaires en présence.

« Je serai malheureusement considérée comme faisant partie de la famille, le jour où on viendra brûler le château...

— Croyez-vous m'effrayer? Les Cernès ont toujours été respectés et aimés, grâce à Dieu! depuis plus de quatre cents ans qu'ils font du bien ici et qu'ils donnent l'exemple... »

L'indignation rendait la vieille voix chevrotante.

« Aimés? respectés? Mais on vous hait au village, ma mère. Votre obstination à garder Fräulein pendant la guerre...

— Vous me faites rire! une Autrichienne de soixante-quatre ans qui vivait chez nous depuis sa jeunesse... L'autorité militaire a sagement fermé les yeux...

— Mais les gens ont été trop heureux d'avoir ce prétexte... C'est incroyable de s'aveugler ainsi! On vous a toujours exécrés... Croyez-vous que les métayers et que les fournisseurs apprécient vos manières mielleuses? Et à cause de vous, on déteste tout ce que vous aimez : les curés et le reste. Vous verrez, vous verrez... Malheureusement, j'y passerai aussi, mais tout de même, il me semble que je mourrai contente. »

Et elle finit entre haut et bas sur une expression triviale que jamais la baronne n'avait entendue. « Comme le langage est révélateur! » songeait la vieille dame sou-

dain calmée. Il arrivait parfois à sa fille de
Paris et surtout à ses petits-enfants de risquer
devant elle un mot d'argot, mais jamais ils
ne se fussent servis d'une expression aussi
vulgaire. Qu'avait-elle dit exactement? « Ça
vous en bouche un coin... » Oui c'est cela
qu'elle avait dit. Comme toujours, la rage
de Paule rendait le calme à la vieille dame,
elle reprenait d'un coup l'avantage du sang-
froid devant cette possédée :

« Mais non, mais non, votre haine de la
noblesse ne me surprend pas le moins du
monde. Quoi que vous pensiez, les paysans
nous aiment, ils se sentent de plain-pied avec
nous; c'est la petite et la moyenne bourgeoi-
sie qui nous haïssent, d'une haine à base
d'envie. Ce sont les bourgeois qui pendant
la Terreur ont fourni le plus de bourreaux. »

Et comme sa bru déclarait avec suffi-
sance que la trahison des émigrés « avait
rendu la Terreur juste et nécessaire », la

baronne redressa une taille majestueuse :

« Mon arrière-grand-père et deux de mes grands-oncles ont péri sur l'échafaud et je vous interdis... »

Paule pensa tout à coup à l'instituteur : c'était pour lui qu'elle avait prononcé des paroles qui lui auraient plu, qu'il aurait approuvées — des paroles bien sûr qui venaient à Paule de son oncle Meulière, radical et franc-maçon d'étroite observance. Mais quel accent prenaient soudain de tels propos, dès qu'elle les dédiait à cet instituteur qu'elle irait voir le lendemain. C'était un jeudi, il serait libre toute la journée. Elle avait parlé sous son influence (l'oncle Meulière n'y était pour rien), sous l'influence d'un homme à qui elle n'avait jamais adressé la parole, qu'elle croisait sur la route et qui ne la saluait même pas quand elle traversait le village et qu'il travaillait son petit jardin (bien qu'il s'interrompît de bêcher pour la regarder passer).

« Savez-vous ce que vous êtes, ma fille? Une pétroleuse, tout simplement oui, une pétroleuse... »

Guillaume releva la tête. Il savait ce qu'était une pétroleuse : il avait vu cent fois cette image du *Monde illustré* de 1871 où deux femmes accroupies, la nuit, près d'un soupirail, allument une espèce de feu. Des mèches dépassent leur bonnet de femme du peuple. La bouche ouverte, Guillaume observait sa mère : une pétroleuse? Oui, bien sûr... Elle le prit par le bras :

« Toi, monte. Et un peu vite. »

La baronne lui dessina une croix sur le front avec son pouce, mais sans l'embrasser; et quand il ne fut plus là :

« Nous devrions lui épargner ce spectacle.

— Rassurez-vous, ma mère. Il n'écoute pas, et s'il écoute, il ne comprend pas.

— C'est ce qui vous trompe. Pauvre chou! Il comprend plus de choses que nous ne pensons... Mais cela nous ramène au vrai sujet du débat dont nous avons eu l'une et l'autre le tort de nous éloigner. Si, comme je n'en doute guère et comme je le souhaite, le maître d'école vous oppose un nouveau refus...

— Eh bien, il n'y aura qu'à laisser Guillaume pousser comme un petit paysan. C'est une honte de voir tant de fils de famille bénéficier d'une instruction dont ils sont indignes, alors que les garçons du peuple... »

Cette fois encore, le lieu commun souvent développé par l'oncle Meulière la grisait tout à coup : ce devait être une idée de l'instituteur à qui elle prêtait toutes les opinions dites avancées. Elle ne doutait point qu'il ne fût conforme au modèle officiel.

La vieille dame, résolue à éviter un nouvel éclat, se leva sans rien répondre. Paule la suivit dans l'escalier.

« Ne pourrions-nous, proposa la baronne,

nous unir pour lui apprendre le peu que nous savons?

— Si vous en avez la patience, ma mère. Pour moi, je suis au bout de mon rouleau.

— La nuit porte conseil, dormez bien, ma fille. Et veuillez oublier ce que j'ai pu vous dire de blessant, comme je vous pardonne moi-même... »

La bru haussa les épaules :

« Ce sont des mots. Ils ne changent rien aux sentiments véritables. Nous ne pouvons plus avoir d'illusions... »

Elles demeuraient face à face dans le corridor des chambres, le bougeoir à la main. De ces deux figures vivement éclairées, la plus jeune paraissait de beaucoup la plus redoutable.

« Croyez, Paule, que je ne suis pas aussi injuste à votre égard que vous seriez en droit de l'imaginer. Si vous aviez besoin d'excuse, il me suffirait de penser à votre vie ici, à cette épreuve bien lourde pour une jeune femme...

— J'avais vingt-six ans, interrompit Paule sèchement. Je n'accuse personne, j'ai le sort que j'ai librement choisi. D'ailleurs vous-même, ma pauvre mère... »

Cela signifiait : mon triste mari est d'abord votre triste fils. Paule se consolait de son enfer en le partageant avec sa vieille ennemie. Mais la baronne se refusait à l'y suivre :

« Oh! moi, mon sort est bien différent, répondit-elle d'une voix que l'émotion rendait chevrotante. J'ai eu mon Adhémar. Pendant vingt-cinq ans, j'ai été la plus heureuse des femmes...

— Peut-être, mais pas la plus heureuse des mères.

— Voilà bientôt cinq ans que mon Georges est mort en héros : je ne le pleure pas. Sa petite Danièle me reste. Galéas me reste...

— Oui, justement? Galéas!

— J'ai mes enfants de Paris, insista-t-elle avec une expression têtue.

— Oui, mais les Arbis vous grugent. Vous n'avez jamais été pour eux qu'une vache à lait. Vous avez beau secouer la tête, vous le savez bien, Fräulein vous le reproche assez, quand vous croyez toutes deux que je ne puis entendre... Laissez-moi parler... J'élèverai la voix si ça me plaît... »

Ces paroles répercutées dans le corridor réveillèrent Guillaume en sursaut. L'enfant se dressa sur sa couche. Oui, les dieux se battaient toujours au-dessus de sa tête. De nouveau il s'enfonça sous ses draps, une oreille bouchée par l'oreiller et sur l'autre il appuya un doigt, et en attendant que revînt le sommeil, il reprit l'histoire qu'il se racontait à lui-même de son île et de cette grotte comme dans *Un Robinson de douze ans*. La veilleuse peuplait l'espèce de lingerie où il couchait d'ombres familières et de monstres apprivoisés.

« Nous vivons dans ce château en besogneux, pour que votre fille Arbis soutienne son train et mène sa politique de mariages, comme elle dit. Tous ici nous pouvons crever pourvu que sa Yolande épouse un duc enjuivé et son Stanislas quelque Américaine de quatre sous... »

Paule harcelait la vieille femme qui, résolue au silence, battit en retraite et verrouilla sa porte. Mais à travers cette porte fermée, la voix implacable lui criait encore :

« Le mariage de Stanislas, vous pouvez en faire votre deuil. Car celui-là, il n'épousera jamais personne... Cette petite... »

Elle finit sur un mot dont la baronne n'eût pas compris le sens, même si elle avait pu l'entendre, même si elle n'avait pas été prosternée sur son prie-Dieu, la tête enfouie dans ses deux bras.

A peine Paule eut-elle pénétré dans sa chambre, que sa colère tomba d'un coup. Quelques tisons rougeoyaient encore dans la cheminée. Elle y jeta un fagot, alluma une lampe à pétrole sur la table, près de la chaise longue, se déshabilla devant le feu, passa une vieille robe de chambre molletonnée.

Comme on dit « faire l'amour », il faudrait pouvoir dire « faire la haine ». C'est bon de faire la haine, ça repose, ça détend. Elle ouvrit l'armoire et sa main hésita. Elle choisit le curaçao, jeta les coussins du divan sur le tapis, le plus près possible du feu, s'étendit avec le verre et la bouteille à portée de sa main. Elle commença de fumer et de boire et se mit à penser à l'homme, à l'instituteur, à l'ennemi des nobles et des riches, un rouge, peut-être un communiste. Méprisé comme elle, par la même espèce de gens... Elle s'humilierait devant lui. Elle finirait bien par entrer dans sa vie... Il était marié. Com-

ment était l'institutrice? Paule ne la connaissait même pas de vue. Elle l'écarta pour
l'instant de l'histoire qu'elle imaginait. Elle
s'y enfonça, dépensant plus de génie d'in-
vention que ceux dont c'est le métier de
raconter des histoires. Les visions qui sur-
gissaient devant son œil intérieur dépassaient
infiniment ce qu'il est donné au langage
humain d'exprimer. Elle ne se redressait que
pour remplir son verre, jeter un fagot dans
le feu puis s'étendait de nouveau, et parfois
la flamme réveillée éclairait brusquement ce
visage renversé de criminelle ou de martyre.

II

L<small>E</small> lendemain, au commencement de l'après-midi, vêtue d'un imperméable, chaussée de gros souliers, un béret enfoncé sur les yeux, elle se rendit au village. La pluie sur sa figure effaçait, croyait-elle, les traces de son orgie solitaire. Aucune exaltation ne la soutenait plus, mais sa volonté seule. Une autre femme eût longuement choisi la toilette qui convenait à une démarche de cet ordre. Elle se fût en tout cas appliquée à tirer le meilleur parti de son apparence physique. La pensée ne vint même pas à Mme Galéas de poudrer sa figure, ni de rien tenter pour rendre moins apparent le duvet brun qui recouvrait ses lèvres et ses joues. Ses cheveux lavés eussent paru moins gras. Elle aurait pu supposer que l'instituteur inconnu était, comme la plupart des hommes, sensible aux parfums... Mais non : sans plus d'apprêt que de coutume, aussi négligée que jamais, elle allait tenter sa chance dernière.

L'homme, cet instituteur, était assis en face de sa femme, dans la cuisine, et il causait en écossant des haricots. C'était un jeudi, jour béni entre tous. L'école s'élevait au bord de la route, comme d'ailleurs toutes les maisons du village disgracié de Cernès. La forge, la boucherie, le bistrot, la poste ne formaient pas un groupe vivant autour du clocher. Seule, l'église se détachait pressant les tombes contre elle sur un promontoire qui domine la vallée du Ciron. Cernès n'avait qu'une rue et qui était justement la route départementale. L'école s'élevait un peu en retrait.

LE SAGOUIN

Les enfants y pénétraient par la porte centrale, mais la cuisine de l'instituteur ouvrait à droite sur le passage étroit qui menait à la cour de récréation. Au-delà s'étendait le jardin potager. Robert et Léone Bordas, sans rien pressentir de ce qui approchait de leur maison, discutaient encore au sujet de l'étrange visite reçue la veille.

« Tu as beau dire, insistait la femme, 150, peut-être 200 francs de plus chaque mois pour faire travailler le gosse du château, ce n'est pas rien. Ça valait la peine d'y regarder à deux fois...

— Nous n'en sommes pas à ça près. Est-ce que nous manquons de quelque chose? Maintenant que je reçois presque tous les livres dont j'ai besoin. » (Il rédigeait la chronique des romans et des poèmes dans le *Journal des Instituteurs*.)

« Tu ne penses qu'à toi, mais il y a Jean-Pierre...

— Jean-Pierre non plus n'a besoin de rien. Tu ne veux tout de même pas qu'il prenne des répétitions? »

Elle sourit avec complaisance : non, bien sûr, leur fils n'avait pas besoin de répétitions; en quelque matière que ce fût, il était toujours premier. A treize ans, il venait d'entrer en seconde. En avance de deux années, il devrait sans doute redoubler sa première car il n'y avait guère de chances qu'il pût obtenir la dispense d'âge. On le couvait déjà au lycée comme une future gloire. Ses professeurs ne doutaient pas de le voir réussir du premier coup aux deux concours de Normale Lettres et de Normale Sciences.

« Eh bien si, justement! Je veux qu'il prenne des leçons particulières. »

Léone n'accompagna cette déclaration d'aucun regard, d'aucun signe qui marquât le doute ou la prière. Cette femme mince, aux joues pâles, un peu « rousseaute », dont les traits menus demeuraient charmants bien qu'elle fût fanée, avait une voix sèche, pénétrante, accoutumée à crier pour dominer la classe.

« Il faut qu'il prenne des leçons d'équitation. »

Robert Bordas continua de trier ses haricots et feignant de croire qu'elle plaisantait :

« Mais oui, bien sûr! et des leçons de danse, tant que tu y es! »

Le rire rapetissait encore ses yeux longs mais peu ouverts. Bien qu'il ne fût pas rasé, que son col fût déboutonné, cet homme qui approchait de la quarantaine avait encore la grâce de la jeunesse. On imaginait aisément l'enfant qu'il avait dû être. Il se leva, fit le tour de la table en s'aidant d'une canne à bout de caoutchouc, mais il boitait très peu. Sa longue échine de chat maigre était d'un adolescent. Il alluma une cigarette et dit :

« En voilà encore une qui veut la révolution, mais qui rêve pour son fils d'une écurie de course! »

Elle haussa les épaules.

« Alors, pourquoi veux-tu faire un cavalier de Jean-Pierre? insista-t-il. Pour qu'il s'engage aux dragons de Libourne avec un tas de salauds qui mettront en quarantaine ce fils d'instituteur?

— Ne t'exalte pas, ménage ta voix pour la réunion publique du 11 novembre... »

Elle vit à son air qu'elle était allée trop loin, vida dans un plat les haricots qui emplissaient son tablier et alla embrasser son mari. « Ecoute, Robert... » Elle voulait les mêmes choses que lui, il le savait bien. Elle le suivait aveuglément, avec une confiance totale. La politique, ce n'était pas sa partie à elle, qui se représentait assez mal comment irait le monde, une fois la révolution accomplie. Mais ce serait toujours une élite qui mène-

rait le pays, voilà ce dont elle était assurée :
les plus intelligents, les plus instruits, mais
aussi ceux qui détiendraient des vertus de
chef.

« Eh bien, oui, je veux que Jean-Pierre
sache monter à cheval et surtout qu'il acquière
les qualités d'adresse, de courage, d'audace
qui lui manquent un peu. Il a toutes les
autres sauf celles-là... »

Robert Bordas observait le regard perdu
de sa femme : elle ne le voyait pas; son cœur
à cette minute était loin de lui.

« L'Ecole normale forme une élite de professeurs pour l'Université, observa-t-il un peu
sèchement. C'est sa seule raison d'être.

— Allons donc, mais regarde un peu tous
les ministres, tous les grands écrivains, tous
les chefs de parti qui en sont sortis. Et Jaurès,
le premier, et Léon Blum!... »

Il l'interrompit :

« Moi, je serais très fier si Jean-Pierre

soutenait une belle thèse, professait un jour
à la Faculté des lettres. Je ne demande rien
de plus pour lui... Ou même peut-être à la
Sorbonne... ou, qui sait? au Collège de
France... Voilà qui serait beau! »

Elle rit aigrement :

« Ah! là! là! c'est mon tour d'admirer
quel fameux révolutionnaire tu fais! Alors
tu t'imagines que toutes ces vieilleries res-
teront debout?

— Bien sûr! l'Université sera transformée,
renouvelée, mais en France l'enseignement
supérieur sera toujours l'enseignement supérieur... Tu ne sais pas de quoi tu parles... »

Il s'interrompit : une femme apparut dans
le brouillard, à travers la porte vitrée.

« Qu'est-ce encore que celle-là?

— Une mère qui vient nous ennuyer et
se plaindre qu'on a été injuste pour sa petite. »

Avant d'entrer, Paule racla longuement
ses souliers pour en enlever la boue. Ils ne

la reconnurent pas. Ils ne savaient pas qui
était cette étrange femme coiffée d'un béret
enfoncé jusqu'aux yeux noirs et cernés, brû-
lant dans une face aussi duveteuse qu'un
visage de jeune garçon. Elle évita de se nom-
mer. Elle dit à Robert qu'elle était la mère
de l'enfant dont la baronne de Cernès était
venue l'entretenir la veille. Il mit quelques
secondes à comprendre de qui il s'agissait,
mais déjà Léone avait deviné.

Elle précéda Mme Galéas dans une pièce
glacée dont elle poussa les volets. Tout relui-
sait : le parquet, le buffet et la table de style
Lévitan. Un store de dentelle écrue voilait
la fenêtre. D'énormes fleurs d'hortensias des-
sinaient une large frise au ras du plafond.
Le papier de tenture était lie de vin.

« Je vous laisse avec mon mari... »

Paule protesta qu'elle n'avait rien de secret à lui communiquer : un malentendu à
dissiper, rien de plus. Cette vague de sang

65

qui aviva les joues de Robert Bordas, était
une infirmité qu'il gardait de sa jeunesse.
Ses oreilles devinrent brûlantes. La dame à
l'œil mauvais allait-elle le forcer de s'expliquer sur sa plaisanterie de la veille? Mais
oui! elle avait le toupet d'en parler et sans
aucun embarras. Elle craignait, disait-elle,
que sa belle-mère n'ait mal compris une réflexion tout innocente et ne fût là-dessus
partie en guerre. Elle ne cherchait point du
tout à faire revenir M. Bordas sur son refus;
mais elle serait désolée que cet incident valût
dans le village un nouvel adversaire à la
femme sans défense qu'elle était — le seul
dont justement elle eût été en droit d'attendre plus de compréhension.

Ses yeux brûlants allaient de Robert à
Léone. Les coins de la bouche un peu tom-
bants rendaient tragique cette grande figure
velue, ce masque. Robert balbutiait qu'il était
désolé, qu'il n'avait mis aucune intention

malveillante dans ses propos. Paule coupa court et se tournant vers Léone :

« Je n'en ai jamais douté. Vous êtes payés tous deux pour bien connaître le pays et les ragots qu'on y colporte. »

Comprenaient-ils l'allusion? Savaient-ils le bruit qui courait : que l'instituteur avait été blessé à l'arrière, dans un poste d'embusqué? Certains insinuaient qu'il avait déchargé lui-même son fusil si maladroitement... Ils ne parurent pas émus. Paule ignorait si elle les avait atteints. Elle ajouta :

« Je sais, madame, que vous appartenez à une vieille famille de Cadillac... »

Les parents de Léone étaient en effet de petits propriétaires paysans de vieille souche, mais fort mal vus à cause de leurs opinions avancées : leur fille n'était pas mariée à l'église; on doutait que le petit Jean-Pierre fût baptisé. Pour demeurer auprès de leur famille, les Bordas avaient renoncé à un avancement qui eût été rapide.

« Cernès, disait Paule, a un instituteur qu'il ne mérite pas. »

De nouveau le visage juvénile devint écarlate. Elle insista : Mais oui! elle savait qu'il ne tiendrait qu'à Robert Bordas d'aller siéger au Palais Bourbon. Il rougit encore, haussa les épaules :

« Vous vous moquez de moi! »

Léone riait :

« Oh! madame, vous allez le rendre orgueilleux, mon pauvre Robert! »

Un sourire rapetissait les longs yeux du jeune homme.

« Ce n'est pas moi qui le dis, c'est M. Lousteau, notre régisseur, et votre ami, je crois? Un royaliste, mais qui sait rendre justice à son adversaire. Quand on a un mari comme le vôtre, il ne faut pas avoir peur d'être ambitieuse. »

Elle ajouta à mi-voix : « Ah! si j'étais à

votre place... » Cela fut dit dans le ton qu'il fallait. L'allusion à son misérable mari était à peine marquée.

« Le premier grand homme de la famille, dit en riant l'instituteur, ce sera notre fils Jean-Pierre, n'est-ce pas, Léone? »

Ce petit Jean-Pierre? Un sourire de complaisance détendit les traits de la dame. Mais oui, sa renommée était venue jusqu'à elle, M. Lousteau lui en parlait souvent. Comme ils devaient être heureux et fiers! Encore un soupir, encore un retour sur son propre malheur. Mais cette fois, elle ne craignit pas d'appuyer :

« A propos d'enfant prodige, il faut tout de même que je vous parle de mon pauvre fils. Peut-être ma belle-mère a-t-elle forcé la note. C'est un arriéré, bien sûr! Je comprends que cela vous ait fait peur! »

Robert protesta vivement que son refus n'avait eu d'autre raison que le manque de loisirs et la crainte de ne pouvoir se consacrer à cette nouvelle tâche : le secrétariat de la mairie, ses travaux personnels prenaient tout le temps qui n'était pas donné aux garçons du village.

« Oui, je sais que vous êtes un grand travailleur. Je me suis même laissé dire que certains articles non signés de *La France du Sud-Ouest*... », ajouta-t-elle d'un air alléché et complice.

Les joues et les oreilles de l'instituteur de nouveau rougirent. Pour couper court, il posa quelques questions au sujet de Guillaume. Le petit écrivait et lisait couramment? Il lui arrivait même de lire pour son plaisir? Mais alors, rien n'était perdu.

Paule demeurait indécise : il importait de ne pas le décourager d'avance, et que tout de même il fût préparé à l'imbécillité de son futur élève. Oui, insista-t-elle, il lisait et relisait deux ou trois livres. Il feuilletait sans

70

cesse les recueils du *Saint-Nicolas* des années 90, mais sans qu'on ait jamais eu la preuve qu'il en retînt quoi que ce fût. Oh! Et puis il n'était pas très attachant, non! ni très ragoûtant, son pauvre « sagouin »! Il fallait être une maman : elle-même avait peine à le supporter parfois... L'instituteur souffrait pour elle. Il proposa de prendre le petit en observation, le soir vers cinq heures, après la sortie des enfants. Mais il ne s'engageait à rien avant de l'avoir vu... Paule lui saisit les deux mains. Sa voix était étouffée par une émotion à demi feinte, quand elle ajouta :

« Je pense au rapprochement que vous ne pourrez éviter de faire entre mon malheureux petit et votre Jean-Pierre. »

Elle détourna un peu la tête comme pour dérober sa honte. Qu'elle était bien inspirée ce jour-là! Ce couple d'instituteurs accoutumés à une atmosphère hostile, suspects aux paysans comme aux propriétaires, traités par

71

le clergé en ennemis publics, ce qu'il leur
advenait ils n'eussent jamais pu imaginer
que ce fût possible : quelqu'un du château
avait une faveur à obtenir d'eux, venait en
quémandeur, et non seulement les admirait,
mais les enviait. Avec quelle humilité cette
dame avait fait allusion à son mari, à son fils
dégénéré! Robert, un peu excité par l'aven-
ture et se rappelant que ce béret et cet imperméable déguisaient une baronne authentique,
risqua d'un ton bon enfant :

« Mais, madame, je m'étonne que vous
ne redoutiez pas mon influence sur le petit...
Vous savez que je pense mal? »

Le rire plissait ses tempes; on ne voyait
plus rien de ses yeux bridés que leur lumière.

« Vous ne me connaissez pas, dit Paule
gravement, vous ne savez pas qui je suis. »

Ils ne la croiraient pas si elle les assurait
que cette influence, elle souhaitait que son
pauvre fils fût capable de la subir.

72

« Car je suis aussi étrangère que vous pouvez l'être aux idées de mon milieu... Un jour, je vous raconterai... »

Ainsi amorçait-elle de futures confidences. Il ne fallait rien ajouter, rien abîmer. Déjà elle prenait congé de ses hôtes étonnés de ce qu'elle venait de leur dire touchant ses idées. Il fut entendu qu'elle amènerait Guillaume le lendemain après quatre heures. Et tout à coup, elle prenait un ton grande dame imité de sa belle-mère et de sa belle-sœur Arbis :

« Merci tellement! vous ne savez pas quel bien vous m'avez fait! Mais si! mais si! Vous ne pouvez pas savoir! »

« Tu lui plais, c'est évident », dit Léone. Elle débarrassa la table et prit en soupirant un paquet de copies à corriger.

« Je ne la trouve pas si antipathique.

— Voyez-vous ça? Elle te traite avec déférence, mais veux-tu que je te dise? méfie-toi d'elle.

— Je la crois un peu folle... En tout cas, c'est une exaltée.

— Une folle qui sait ce qu'elle veut. Rappelle-toi ce qu'on raconte... Son histoire avec le curé! Tiens-toi à carreau. »

Il se leva, étira ses grands bras et dit :

« Je n'ai pas de goût pour les femmes à barbe.

— Elle ne serait pas si mal, observa Léone, si elle était plus soignée.

— Je me rappelle maintenant ce que m'a dit Lousteau, ce n'est pas une vraie noble. Elle est la fille ou la nièce de Meulière, l'ancien maire de Bordeaux... Pourquoi ris-tu?

— Parce que tu as l'air déçu qu'elle ne soit pas une vraie noble... »

Il parut furieux, et les épaules soulevées, alla sur le pas de la porte et s'accota au mur, en soufflant dans sa pipe.

LE SAGOUIN

Tandis que sa mère s'occupait de le livrer à l'instituteur rouge, le petit lièvre débusqué de son gîte désespérait de s'y tapir encore; il clignait des yeux dans la lumière aveuglante des grandes personnes. Durant l'absence de sa mère, un différend avait éclaté entre les trois divinités favorables : papa, Mamie et Fräulein. A dire vrai, grand-mère et Fräulein avaient de fréquentes prises de bec, presque toujours sur des sujets anodins. L'Autrichienne se permettait parfois des paroles dont l'usage toujours respecté de la troisième personne rendait plus étrange la brutalité. Mais ce jour-là, Guillaume comprenait confusément que Fräulein elle-même souhaitait qu'il fût livré à l'instituteur :

« Pourquoi ne deviendrait-il pas un monsieur instruit? Il vaut bien les autres, je pense! »

Et se tournant vers Guillaume :

75

LE SAGOUIN

« Va t'amuser dehors, va, mon poulet, va, ma cocotte... »

Il sortit, puis se glissa de nouveau dans la cuisine : n'était-il pas admis qu'il n'écoutait jamais et que d'ailleurs il ne comprenait rien?

La baronne, sans daigner répondre à Fräulein, haranguait son fils assis dans le fauteuil de paille qu'il affectionnait, devant la cheminée de la cuisine : l'hiver, il y passait les après-midi de pluie à faire des allumettes de papier ou à astiquer les fusils de son père dont il ne s'était jamais servi.

« Montre de l'autorité une fois dans ta vie, Galéas, suppliait la vieille dame. Tu n'as qu'un mot à dire : « Non, et non! Je ne veux pas livrer mon fils à ce communiste... » — puis laisse passer l'orage. »

Mais Fräulein protestait :

« N'écoute pas Mme la baronne (elle tutoyait Galéas qu'elle avait nourri). Pourquoi

76

Guillou ne serait-il pas aussi instruit que les
enfants d'Arbis?

— Laissez les Arbis tranquilles, Fräulein.
Ils n'ont rien à voir à l'affaire. Je ne veux
pas que mon petit-fils prenne les idées de
cet homme : voilà le fond de l'histoire.

— Pauvre poule! comme si on allait lui
parler politique...

— Il ne s'agit pas de politique... Et la
religion? qu'est-ce que vous en faites? Il
n'est pas déjà si ferré en catéchisme... »

Guillaume observait son père immobile,
les yeux fixés sur les sarments embrasés et
qui ne manifestait par aucun signe qu'il inclinât d'un côté ou de l'autre. Guillou, la bouche ouverte, essayait de comprendre.

« Madame la baronne, au fond, se moque
bien qu'il vive plus tard comme un paysan...
Qui sait si elle ne le désire pas, après tout!

— Vous n'avez pas à plaider auprès de
moi la cause de mon petit-fils! C'est tout de

même trop fort, insista la baronne, sur un ton faussement indigné et qui trahissait quelque embarras.

— Oui, oui, madame la baronne aime bien Guillou, elle est contente de l'avoir auprès d'elle, ici, mais c'est sur les autres qu'elle compte quand elle pense à l'avenir de la famille... »

La baronne traita Fräulein de « corneille qui abat des noix ». Mais la voix aigre de l'Autrichienne dominait aisément celle de sa maîtresse :

« La preuve, c'est qu'après la mort de Georges, il a été entendu que l'aîné des Arbis, Stanislas, ajouterait le nom de Cernès au nom d'Arbis, comme si il ne restait pas de Cernès en ce monde, comme si Guillou ne s'appelait pas Guillaume de Cernès. »

« Le petit écoute », dit tout à coup Galéas.

Il retomba dans son silence. Fräulein prit l'enfant par les épaules et le poussa douce-

78

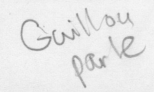

toujours dehors, même par les gens qui l'aiment

ment dehors. Mais il demeura dans l'office, d'où il entendit Fräulein crier :

« En voilà un qu'on aurait pas pu appeler Désiré quand il est né! Madame la baronne se rappelle ce qu'elle m'a dit : que ça ne devait pas être fréquent qu'un malade fît un enfant à sa garde-malade...

— Je ne vous ai rien dit de tel, Fräulein. Galéas se portait fort bien... Ce n'est pas dans mes habitudes d'être si grossière.

— Enfin, madame la baronne doit se souvenir que l'enfant n'était pas prévu au programme. Moi qui connaissais mon Galéas, je savais qu'il n'était pas plus manchot qu'un autre, comme on l'a bien vu... »

accident

Une flamme suspecte brilla entre les paupières roses et sans cils de l'Autrichienne. « Vos yeux de truie... » lui avait dit un jour Mme Galéas. La baronne choquée lui tourna le dos.

Guillou, le nez appuyé contre la vitre de

79

l'office, regardait gicler les gouttes de pluie
dont chacune était comme un dansant petit
personnage. Des grandes personnes s'occu-
paient de lui sans cesse et elle étaient divisées
à son sujet. On n'aurait pas pu l'appeler
Désiré. Il aurait voulu repenser à ces histoires qu'il se racontait à lui-même, qu'il connaissait seul, mais impossible de s'évader,
cette fois, à moins que l'instituteur ait main-
tenu son refus. Alors Guillou serait tellement
heureux qu'il se moquerait bien de n'avoir
pas été désiré. Il ne demandait rien que de
n'être pas mêlé à d'autres enfants qui lui
feraient des misères, que de ne pas avoir
affaire à des maîtres qui parlent fort, qui
s'exaspèrent, qui articulent d'un air dur des
mots dépourvus de signification.

Mamie ne l'avait pas désiré, ni sa mère,
bien sûr! Savaient-elles d'avance qu'il ne
serait pas comme les autres? Et pauvre papa?
En tout cas ce ne serait pas lui qui le déli-

80

vrerait de l'instituteur. Comme la baronne
s'épuisait à lui répéter :

« Tu n'as qu'à dire non... Ce n'est pourtant pas difficile! Puisque je te répète que
tu n'as qu'à dire non... Puisque tu n'as qu'à
dire non... »

Mais il secouait, sans rien répondre, sa
grosse tête grise et frisée. Il dit enfin :

« J'ai pas le droit... *Galéas est controlé*

— Qu'est-ce que cela signifie, Galéas? Le
père de famille a tous les droits pour ce qui
touche à l'éducation des enfants. »

Mais il secouait toujours la tête, l'air buté,
répétant : « J'ai pas le droit... »

Ce fut alors que Guillaume revint en larmes et se jeta dans les jambes de Fräulein :

« Voilà maman! Elle rit tout seule. Sûre-
ment que l'instituteur veut bien.

— Et après? Il ne te mangera pas, petit
nigaud. Mouchez-le, Fräulein. Cet enfant est
dégoûtant. » *shit!*

81

Il disparut dans la souillarde au moment où sa mère triomphante passait le seuil de la cuisine.

« Tout est arrangé, dit-elle. Je lui amène Guillaume demain à quatre heures.

— Si votre mari y consent.

— Bien sûr, ma mère. Mais il y consent, cela va sans dire, n'est-ce pas, Galéas?

— En tout cas, ma fille, le petit vous donnera du fil à retordre, je vous en réponds.

— Au fait, où est-il? demanda Paule. Il me semble que je l'ai entendu renifler. »

Alors ils virent sortir de la souillarde Guillaume sous son aspect le plus misérable, la figure barbouillée de morve, de salive et de larmes.

« J'irai pas! gémit-il sans regarder sa mère. J'irai pas chez l'instituteur! »

Paule avait toujours eu honte de lui; mais ce jour-là, derrière le petit être grimaçant, apparaissait le père dans son fauteuil; cette

82

bouche ouverte de l'enfant était la réplique
d'une autre bouche mouillée et froide. Avec
une colère contenue, d'une voix presque
douce, Paule dit :

« Je ne pourrai t'y traîner de force. Il ne
restera donc que de te mettre pensionnaire
au lycée. »

La baronne haussa les épaules.

« Vous savez bien qu'ils ne le garderont
pas, ce malheureux petit.

— Alors je ne vois pas d'autre solution
qu'un pénitencier... »

Si souvent elle en avait menacé Guillou,
qu'il se faisait une certaine idée vague et
terrifiante des maisons de correction. Il se
mit à trembler et gémit : « Non, maman! non,
non... » et il se jeta contre Fräulein, cacha
sa figure dans la molle poitrine.

« Ne la crois pas, ma poule... Penses-tu
que je la laisserai faire...

— Fräulein n'a pas voix au chapitre.

Et cette fois ce n'est pas pour rire, je me suis déjà renseignée, j'ai des adresses », ajouta Paule avec une sorte d'excitation joyeuse.

Ce qui acheva d'accabler l'enfant, ce fut l'éclat de rire de sa vieille Mamie :

« Pourquoi, ma fille, ne pas le mettre dans un sac? Pourquoi ne pas le jeter à la rivière comme un petit chat? »

Fou de terreur, il frottait sa figure de son mouchoir sale :

« Non, Mamie, non, pas dans un sac! »

Il n'avait aucun sentiment de l'ironie, prenait tout au pied de la lettre.

« Petit nigaud! » dit la baronne en l'attirant.

Mais, sans brusquerie, elle le repoussa :

« On ne sait par quel bout le prendre. Quel sagouin! Amenez-le, Fräulein. Va te débarbouiller, va... »

Il claquait des dents :

« J'irai chez l'instituteur, maman, je serai bien sage!

— Ah! tu es raisonnable enfin! »

Fräulein lui lavait la figure au robinet de la souillarde :

« C'est pour te faire peur, mon poulet, ne les crois pas, moque-toi d'eux. »

Galéas se dressa alors, et sans regarder personne :

« Il fait soleil, maintenant. Tu m'accompagnes au cimetière, petit? »

Guillou redoutait les promenades avec son père; mais cette fois, il se laissa prendre volontiers la main et, toujours reniflant, le suivit.

Il ne pleuvait plus. Au soleil tiède, l'herbe trempée brillait. Le chemin contournait le village à travers des prairies. D'ordinaire, Guillaume avait peur des vaches qui lèvent la tête et vous suivent longuement du regard comme si elles hésitaient à foncer. Son père lui serrait la main et ne prononçait pas une parole. Ils auraient pu marcher des heures sans rien dire. Guillou ne savait pas que le pauvre homme était désespéré de ce silence, qu'il essayait en vain de fixer une idée; mais il n'y a rien à dire à un petit garçon. Ils entrèrent dans le cimetière par une brèche pleine d'orties, derrière le chevet de l'église.

Les tombes étaient couvertes encore des bouquets fanés de la Toussaint. Galéas lâcha la main de son fils, prit une brouette. Guillaume le regarda s'éloigner. Ce tricot marron reprisé, ce fond de culotte qui paraissait vide, cette énorme tignasse sous un petit béret, c'était son père. Lui, il demeura assis sous une pierre tombale à demi disparue, que le soleil d'arrière-saison tiédissait un peu. Il sentait le froid pourtant; l'idée lui vint qu'il pourrait attraper du mal, qu'il serait le lendemain incapable de sortir. La mort... Devenir

86

comme ceux qu'il essayait d'imaginer dans cette terre grasse : les morts, ces taupes humaines dont la présence se manifeste par de petits monticules. *déprimé*

Au-delà du mur, il voyait la campagne déjà inhabitable aux approches de l'hiver, les vignes grelottantes, la terre comme huileuse, gluante, élément inhumain où il eût été aussi fou de s'aventurer que sur les vagues de la mer. Au bas du coteau, coulait, vers la rivière « le Ciron », un ruisseau gonflé par les pluies, s'accumulait un mystère de marécages, de taillis inextricables; Guillou avait entendu dire qu'on y faisait lever quelquefois une bécasse. Ainsi l'enfant chassé de son terrier, tremblait de peur et de froid au milieu de la vie hostile, de la nature ennemie. Au flanc des collines, éclatait le rouge industriel des tuiles neuves, mais d'instinct, son regard cherchait le rose terni par la pluie des vieilles tuiles rondes. Tout près de lui, des lézardes déshonoraient le chevet de l'église; un vitrail était crevé. Il savait que « le Bon Dieu n'y était pas », que M. le curé ne voulait pas y laisser le Bon Dieu par crainte des sacrilèges. Le Bon Dieu n'était pas non plus dans la chapelle du château où Fräulein entassait des balais, des caisses, des chaises brisées. Où résidait-il, le Dieu de ce monde cruel? Où donc avait-il laissé une trace?

Guillou eut froid. Une ortie brûla son mollet. S'étant levé, il fit quelques pas jusqu'à la pyramide du monument aux morts qu'on avait inauguré l'année dernière. Treize noms pour ce petit village : de Cernès Georges, Laclotte Jean, Lapeyre Joseph, Lapeyre Ernest, Lartigue René... Guillou voyait le tricot marron de son père se courber entre les tombes, se relever, il entendait grincer la roue de la brouette. Demain il serait livré à l'instituteur rouge. L'instituteur pourrait mourir subitement cette nuit. Il se passerait peut-être quelque chose : un cyclone, un tremblement de terre... Mais non, rien jamais ne ferait taire cette voix terrible de sa mère, rien n'éteindrait ces yeux méchants rivés sur lui qui le rendaient conscient à la fois de sa maigreur, de ses genoux sales, de ses chaussettes retombées; alors Guillaume ravalait sa salive et pour désarmer son ennemie essayait de fermer la bouche... Mais la voix exaspérée éclatait (et il croyait l'entendre encore dans ce petit cimetière où il grelottait) : « Va-t'en où tu voudras, mais que je ne te voie plus. »

A cette même heure, Paule avait allumé le feu dans sa chambre et songeait. On ne peut pas se faire aimer à volonté, on n'est pas libre de plaire; mais aucune puissance sur la terre ni dans le ciel ne saurait empêcher une femme d'élire un homme et de le choisir pour dieu. Lui-même, cela ne le concerne pas puisque rien ne lui est demandé en échange.

LE SAGOUIN

Elle est résolue de mettre cette idole au centre de sa vie. Il ne lui reste rien d'autre à faire que d'élever un autel dans son désert et de le consacrer à cette divinité frisée.

Les autres finissent toujours par implorer leur dieu, mais elle est résolue à ne rien attendre du sien. Elle ne lui dérobera que ce qu'on peut prendre d'un être à son insu. Miraculeux pouvoir du regard sournois et de la pensée incontrôlable! Peut-être un jour lui sera-t-il donné d'oser un geste, peut-être ce dieu souffrira-t-il le contact d'une bouche sur sa main...

III

Sa mère l'entraînait rapidement sur la route creusée d'ornières pleines de pluie. Ils croisèrent les enfants de l'école qui rentraient chez eux sans parler ni rire. Les gibernes invisibles qu'ils portaient sur le dos gonflaient leurs pèlerines. Les yeux sombres ou clairs de ces petits bossus luisaient au fond des capuchons. Guillou songeait qu'ils fussent devenus ses bourreaux, s'il avait dû travailler et jouer avec eux. Mais il allait être livré seul à l'instituteur qui n'aurait à s'occuper que de lui, qui concentrerait sur lui cette puissance redoutable des grandes personnes pour écraser le petit Guillou de leurs questions, pour le presser d'explications et d'arguments. Ce pouvoir ne s'épuiserait pas sur toute une classe. Guillou devrait seul tenir tête à ce monstre de science, indigné et exaspéré contre un enfant qui ignore jusqu'au sens des mots dont on l'étourdit.

Il allait à l'école à l'heure où les autres garçons en revenaient. Cela le frappa : il eut comme la sensation de sa différence, de sa solitude. La main sèche et chaude qui tenait la sienne resserra son étreinte. Une force indifférente sinon ennemie le remorquait. Enfermée dans un univers inconnu de passions et de pensées, pas une fois sa mère ne lui adressa la parole. Voici déjà les premières maisons dans le crépuscule qu'elles baignent et parfument de leurs fumées, la lueur des lampes et des flambées derrière les vitres troubles et la clarté plus vive de l'hôtel Dupuy. Deux charrettes étaient

92

il est seul
et diff.

arrêtées; les larges dos des bouviers bougeaient devant le comptoir. Encore une minute : cette lumière, c'était là... Il se souvint de la grosse voix que prenait Mamie quand elle racontait *Le Petit Poucet : « C'est la maison de l'ogre!* » Il discernait maintenant à travers la porte vitrée la femme de l'ogre qui sans doute guettait sa proie.

« Pourquoi trembles-tu, imbécile? M. Bordas ne te mangera pas.

— Il a peut-être froid? »

Paule haussa les épaules et d'un air excédé :

« Mais non, c'est nerveux. Ça le prend, on ne sait pourquoi. A dix-huit mois, il a eu des convulsions... »

Les dents de Guillou claquaient. On n'entendait que ce claquement et le balancier de la grosse horloge.

« Léone, enlève-lui ses souliers, dit

LE SAGOUIN

l'ogre. Mets-lui les chaussons de Jean-Pierre.

— Je vous en prie, protesta Paule. Ne vous donnez pas cette peine. » *Belle est symp*

Mais déjà Léone revenait avec une paire de chaussons. Elle prit Guillou sur ses genoux, lui enleva sa pèlerine et se rapprocha du feu.

« Un grand garçon comme toi, dit sa mère. Tu n'as pas honte? Je n'ai apporté ni livres ni cahier », ajouta-t-elle.

L'ogre assura qu'il n'en avait pas besoin : ce soir, on se contenterait de parler, de faire connaissance.

« Je repasserai dans deux heures », dit Paule.

Guillou n'entendit pas les paroles que sa mère et l'instituteur échangeaient à mi-voix sur le seuil. Il sut qu'elle était partie parce qu'il ne sentait plus le froid. La porte avait été refermée.

« Veux-tu nous aider à écosser les hari-

94

I don't think he likes her

cots? demanda Léone. Mais peut-être ne
sais-tu pas écosser les haricots? »

Il rit et dit qu'il aidait toujours Fräulein.
Cela le rassurait qu'on lui parlât de haricots. Il se risqua à ajouter :

« Chez nous, ils sont ramassés depuis longtemps.

— Oh! ceux-là, dit l'institutrice, sont des
retardataires. Il y en a beaucoup de pourris,
il faut les trier. »

Guillou se rapprocha de la table et se mit
à la besogne. La cuisine des Bordas était
pareille à toutes les cuisines, avec la grande
cheminée où pendait la marmite accrochée
à la crémaillère, la longue table, les chau-
drons de cuivre sur une étagère, et sur une
autre les pots de confit alignés, et deux jam-
bons suspendus aux solives, enveloppés de
sacs... Et pourtant Guillou avait pénétré dans
un monde étrange et délicieux. Etait-ce
l'odeur de la pipe qui, même éteinte, ne

quittait.guère la bouche de M. Bordas? Mais
surtout il y avait partout des livres, des piles
de journaux sur le buffet et sur un guéridon à
portée de la main du maître d'école. Les
jambes allongées sans prêter aucune attention
à Guillou, il coupait les pages d'une revue
à couverture blanche dont le titre était rouge.

Au manteau de la cheminée était accroché
le portrait d'un gros homme barbu qui croisait les bras. Il y avait un mot imprimé au-
dessous que l'enfant de sa place essayait
d'épeler à mi-voix : Jau... Jaur...

« Jaurès, dit soudain l'ogre. Tu sais qui
était Jaurès? »

Guillou secoua la tête. Léone intervint :

« Tu ne vas pas commencer par lui parler
de Jaurès?

— C'est lui qui m'en parle », dit M. Bordas.

Il riait. Guillou aimait ces yeux quand le
rire les rapetissait. Il aurait voulu savoir qui

était Jaurès. Cela ne l'ennuyait pas de trier les haricots. Il faisait un tas de ceux qui étaient gâtés. On le laissait tranquille. Il pouvait penser à ce qu'il voulait, observer l'ogre et l'ogresse et leur maison.

« Tu en as peut-être assez? » demanda soudain M. Bordas.

L'instituteur ne lisait pas sa revue; il déchiffrait le sommaire, coupait les pages, s'arrêtait aux signatures, approchait le fascicule de son visage, le flairait avec gourmandise. Cette revue qui venait de Paris... Il songeait au bonheur inimaginable des hommes qui y collaboraient. Il essayait de se représenter leurs visages, la salle de rédaction où ils se rencontraient pour des échanges de vues : ces hommes qui savent tout, « qui ont fait le tour des idées... ». Léone ignorait qu'il avait envoyé à la revue une étude sur Romain Rolland. Il avait reçu une réponse très polie, mais c'était un refus. L'étude avait un carac-

tère politique trop accusé. La pluie maintenant ruisselait sur les tuiles, débordait des
gouttières. On n'a qu'une vie à vivre. Robert
Bordas ne connaîtrait jamais cette vie de
Paris. Celle qu'il menait à Cernès, M. Lousteau disait qu'il pourrait en tirer une œuvre...
Il lui avait conseillé d'écrire son journal.
Mais il ne s'intéressait pas à lui-même. Les
autres non plus ne l'intéressaient guère. Il
eût aimé les persuader, leur imposer ses
idées — mais leur singularité ne fixait pas
son attention... Il était doué pour la parole,
pour l'article rapide. Ses papiers de *La France
du Sud-Ouest,* M. Lousteau les trouvait supé-
rieurs à tout ce qui se publiait à Paris, sauf
dans *L'Action française.* A *L'Humanité,* à
en croire Lousteau, il n'y avait personne qui
le valût. Paris... Il avait promis à Léone que
jamais il ne quitterait Cernès, même quand
Jean-Pierre serait entré à l'Ecole normale...
Même plus tard, quand le fils « arrivé »

occuperait le premier rang. Il ne faudrait pas le gêner, l'encombrer. « Chacun à sa place », disait Léone.

Robert avait collé son front à la vitre de la porte, il se retourna et vit les tendres yeux mouillés de Guillou fixés sur lui, qui se dérobèrent aussitôt. Il se rappela que l'enfant aimait la lecture.

« Tu en as assez d'écosser des haricots, petit? Veux-tu que je te prête un livre avec des images? »

Guillou répondit que ça lui était égal qu'il n'y eût pas d'images.

« Montre-lui la bibliothèque de Jean-Pierre, dit Léone, il pourra choisir. »

Précédé de M. Bordas qui portait une lampe Pigeon, l'enfant traversa la chambre du ménage. Elle lui parut magnifique. Sur l'immense lit sculpté régnait un édredon cerise, comme si du sirop de groseille eût été renversé sur la courtepointe. Des photogra-

99

phies agrandies étaient accrochées tout près du plafond. Puis M. Bordas le fit entrer dans une pièce plus petite qui sentait le renfermé. L'instituteur éleva orgueilleusement la lampe, et Guillou admira la chambre du fils.

« Evidemment, on doit être mieux logé au château... mais tout de même, ajouta l'instituteur avec satisfaction, ce n'est pas mal... »

L'enfant n'en croyait pas ses yeux. Pour la première fois, le petit châtelain pensa au réduit où il couchait. L'odeur y régnait de Mlle Adrienne, chargée d'entretenir le linge du château, et qui y passait les après-midi. Un mannequin qui ne servait jamais se dressait à côté de la machine à coudre. Un lit pliant recouvert d'une housse servait à Fräulein durant les maladies de Guillou. Tout à coup il imagina la carpette élimée sur laquelle si souvent il avait renversé son vase. Jean-Pierre Bordas avait cette chambre pour lui tout seul, ce lit peint en blanc avec des dessins bleus, cette bibliothèque vitrée garnie de livres.

« Presque tous, ce sont des prix, dit M. Bordas. Il a toujours eu tous les prix de sa classe. »

Guillou effleurait de la main chaque volume.

« Choisis celui que tu voudras.

— Oh! *L'Ile mystérieuse*... L'avez-vous lu? demanda-t-il, ses yeux brillants levés vers M. Bordas.

— Oui, dit l'instituteur, quand j'avais ton âge... Mais figure-toi que j'ai oublié... C'est une histoire de Robinson, je crois?

— Oh! c'est bien mieux que Robinson! s'écria Guillou avec ferveur.

— Pourquoi est-ce mieux? »

Mais cette brusque question le fit rentrer dans sa coquille. Il reprit son air absent, presque hébété.

101

« Je croyais que c'était une suite, reprit M. Bordas après un silence.

— Oui, il faut avoir lu *Vingt mille lieues sous les mers* et *Les Enfants du Capitaine Grant*. Je ne connais pas *Vingt mille lieues sous les mers*... Mais ça n'empêche pas de comprendre, vous savez? Sauf quand Cyrus Smith fabrique des choses, comme de la dynamite... Je saute toujours ces pages-là...

— Est-ce qu'il n'y a pas un homme abandonné que les compagnons de l'ingénieur découvrent dans une île voisine?

— Oui, oui, Ayrton, vous vous souvenez? C'est si beau lorsque Cyrus Smith lui dit : « Tu es un homme puisque tu pleures... »

M. Bordas, sans regarder l'enfant, prit le gros livre rouge et le lui tendit.

« Tiens, cherche l'endroit... Je crois me rappeler qu'il y a une gravure.

— C'est à la fin du chapitre xv, dit Guillou.

LE SAGOUIN

— Voyons, lis-moi toute la page... Ça me rappellera quand j'étais petit. »

M. Bordas alluma une lampe à pétrole et installa Guillou devant la table où Jean-Pierre avait laissé des taches d'encre. L'enfant commença de lire d'une voix étranglée. L'instituteur ne saisit d'abord que quelques mots. Il s'était assis un peu en retrait, dans l'ombre, et retenait presque son souffle comme s'il eût craint d'effaroucher un oiseau sauvage. Après quelques minutes, la voix du lecteur s'échauffa... Sans doute avait-il perdu conscience qu'on l'écoutait :

« — Arrivé à l'endroit où croissaient les
« premiers beaux arbres de la forêt, dont la
« brise agitait légèrement le feuillage, l'in-
« connu parut humer avec ivresse cette sen-
« teur pénétrante qui imprégnait l'atmo-
« sphère, et un long soupir s'échappa de sa
« poitrine. Les colons se tenaient en arrière,
« prêts à le retenir s'il eût fait un mouve-

« ment pour s'échapper. Et en effet, le pau-
« vre être fut sur le point de s'élancer dans
« le creek qui le séparait de la forêt et ses
« jambes se détendirent un instant comme
« un ressort... Mais presque aussitôt il se
« replia sur lui-même, il s'affaissa à demi et
« une grosse larme coula de ses yeux. « Ah!
« s'écria Cyrus Smith, te voilà donc redevenu
« homme, puisque tu pleures! »

— Comme c'est beau! dit M. Bordas.
Je me rappelle maintenant... Est-ce que l'île
n'est pas attaquée par les Convicts?

— Oui, c'est Ayrton qui reconnaît, le
premier, le pavillon noir... Voulez-vous que
je vous lise? »

L'instituteur recula un peu sa chaise. Il
aurait pu, il aurait dû s'émerveiller d'entendre cette voix fervente de l'enfant qui
passait pour idiot. Il aurait pu, il aurait dû
se réjouir de la tâche qui lui était assignée,
du pouvoir qu'il détenait pour sauver ce petit

être frémissant. Mais il n'entendait l'enfant qu'à travers son propre tumulte. Il était un homme dans sa quarantième année, plein de désirs et d'idées, et il ne sortirait jamais de cette école au bord d'une route déserte. Il comprenait, il jugeait tout ce qui était imprimé dans la revue dont il respirait l'odeur d'encre et de colle. Tous les débats soulevés lui étaient familiers, bien qu'il ne pût en parler qu'avec M. Lousteau. Léone eût été capable de comprendre bien des choses mais elle préférait les besognes. Son activité physique croissait avec la paresse de son esprit. Elle mettait son orgueil, le soir, à ne plus pouvoir tenir les yeux ouverts, tant elle était lasse. Elle plaignait parfois son mari, trop intelligente pour ne pas comprendre qu'il souffrait, mais Jean-Pierre serait leur revanche. Elle croyait qu'un garçon, à l'âge qu'avait atteint son mari, se décharge volontiers sur un fils de sa propre destinée... Elle le croyait!

Il s'aperçut que l'enfant, arrivé à la fin du chapitre, s'était arrêté.

« Est-ce qu'il faut que je continue?

— Non, dit M. Bordas, repose-toi. Tu lis très bien. Veux-tu que je te prête un livre de Jean-Pierre? »

L'enfant se leva vivement et de nouveau il examinait chaque livre un à un, épelait les titres à mi-voix.

« *Sans Famille,* c'est joli?

— Jean-Pierre l'admirait beaucoup. Maintenant il lit des livres plus sérieux.

— Est-ce que vous croyez que je comprendrai?

— Bien sûr que tu comprendras! Moi, avec ma classe, je n'ai plus beaucoup le temps de lire... Mais chaque jour tu me raconteras l'histoire : ça me distraira.

— Vous dites ça! je sais bien que c'est pour rire... »

Guillou s'était approché de la cheminée.

Il examinait, appuyée contre la glace, une photographie : des lycéens groupés autour de deux professeurs à binocles, dont les gros genoux tendaient les pantalons. Il demanda si Jean-Pierre était parmi eux.

« Oui, au premier rang, à la droite du professeur. »

Guillou pensa qu'il l'aurait reconnu même si on ne le lui avait pas indiqué. Entre tant de figures insignifiantes, ce visage resplendissait. Etait-ce à cause de tout ce qu'on lui avait raconté de Jean-Pierre? Pour la première fois, l'enfant discernait une face humaine. Jusqu'alors il avait pu rester de longs instants à contempler une image, à s'attacher aux traits d'un héros inventé. Il pensa tout à coup que ce garçon avec ce vaste front et ces boucles courtes, et ce pli entre les sourcils était le même qui lisait ces livres, qui travaillait à cette table, qui dormait dans ce lit.

il est étonné par J.P.

107

« Alors cette chambre est à lui tout seul?
On n'y entre pas sans qu'il le veuille? »

Lui, il n'était seul qu'aux cabinets... La
pluie ruisselait sur le toit. Qu'il devait être
doux de vivre là au milieu des livres, bien
à l'abri... hors de la portée des autres hommes. Mais Jean-Pierre, lui, n'avait aucun
besoin de protection : il était le premier de sa
classe dans toutes les matières. Il avait même
obtenu le prix de gymnastique, disait M. Bordas. Léone entrouvrit la porte.

« Ta maman est là, mon petit bonhomme. »

Il suivit de nouveau l'instituteur qui portait la lampe, traversa la chambre nuptiale.
Paule de Cernès avait rapproché du feu ses
souliers pleins de boue. Selon sa coutume,
elle avait dû errer dans les petits chemins...

« Bien entendu, vous n'avez rien pu en
tirer? »

L'instituteur protesta que ça n'avait pas
mal marché du tout. L'enfant baissait la

tête; Léone lui boutonnait sa pèlerine.

« Si vous voulez m'accompagner un instant, demanda Paule, il ne pleut plus, vous
me direz votre impression? »

M. Bordas décrocha son imperméable. Sa
femme le suivit dans la chambre : il n'allait
pas courir les routes, la nuit, avec cette
folle? Il se ferait montrer du doigt. Mais il
la rabroua. Paule qui avait deviné le sujet
de leur dispute à voix basse, feignit de
n'avoir rien entendu et sur le seuil, elle
accablait encore Léone de protestations et
de remerciements. Enfin! Elle avançait, auprès de l'instituteur, dans la nuit mouillée.
Elle dit à Guillou :

« Marche devant nous. Ne reste pas dans
nos jambes. »

Puis elle demanda d'une voix insistante :

« Ne me cachez rien. Aussi pénible que
doive être votre jugement pour une mère... »

Il avait ralenti le pas. Comment ne pas

donner raison à Léone? Il ne fallait pas tra-
verser la flaque de lumière, devant la porte
de l'hôtel Dupuy. Mais même eût-il été
assuré de n'être pas vu, il se serait tenu sur la
défensive. Avait-il jamais eu d'autre attitude
à l'égard des femmes, depuis l'adolescence?
C'était toujours elles qui le cherchaient et
lui qui se dérobait, mais non pour être pour-
suivi. Comme ils approchaient de l'hôtel
Dupuy, il s'arrêta.

« Nous causerons mieux chez moi, demain, à la fin de la matinée. Je sors de la
mairie un peu avant midi. »

Elle savait pourquoi il ne ferait pas un
pas de plus. Elle se réjouit de ce qui ressemblait à un commencement de complicité.

« Oui, oui, lui souffla-t-elle, cela vaudra
mieux.

— A demain soir, mon petit Guillaume.
Tu me liras *Sans Famille*. »

M. Bordas se contenta de toucher son

béret d'un doigt. Déjà Paule ne le voyait plus, mais elle entendait encore le bruit de sa canne heurtant un caillou. L'enfant, lui aussi, demeura quelques secondes immobile au milieu de la route, tourné vers cette lumière qui éclairait la maison de Jean-Pierre Bordas.

Sa mère lui prit le bras. Elle ne lui posait aucune question : il n'y avait rien à tirer de lui. D'ailleurs, que lui importait? Demain aurait lieu la première rencontre, le premier tête-à-tête. Elle serrait trop fort la petite main de Guillou et parfois, ses pieds sentaient le froid de l'eau de pluie.

« Approche-toi du feu, dit Fräulein. Tu es trempé comme une soupe. »

Leurs yeux à tous étaient braqués sur lui. Il fallait répondre à leurs questions.

« Eh bien, il ne t'a pas dévoré tout cru, le maître d'école? »

111

Il secoua la tête.

« Qu'est-ce que tu as fait pendant ces deux heures? »

Il ne savait que répondre. Qu'avait-il fait au juste? Sa mère lui pinça le bras :

« Est-ce que tu n'entends pas? Qu'as-tu fait pendant ces deux heures?

— J'ai écossé des haricots... »

La baronne leva ses vieilles mains :

« Ils t'ont fait écosser leurs haricots! Ça, c'est magnifique! répétait-elle, imitant à son insu ses petits-enfants Arbis. Vous entendez, Paule? l'instituteur et sa femme se donnent les gants de faire écosser leurs haricots par mon petit-fils. On aura tout vu! Et ils ne t'ont pas prié de balayer leur cuisine?

— Non, Mamie; j'ai seulement écossé les haricots... il y en avait beaucoup de pourris, il fallait les trier.

— Ils ont tout de suite vu de quoi il était capable », dit Paule.

112

Fräulein protesta :

« Je pense qu'ils n'ont pas voulu l'effaroucher le premier jour. »

Mais la baronne savait ce qu'on est en
droit d'attendre de « ces gens-là » quand
on se met entre leurs pattes :

« Ces gens-là ont été trop heureux de nous
jouer ce tour. Mais s'ils croient me vexer,
ils se trompent. S'ils s'imaginent que je me
sens le moins du monde atteinte...

— S'ils traitaient mal Guillou, interrompit aigrement Fräulein, je suis bien sûre que
madame la baronne ne le supporterait pas...
Ce n'est pas son petit-fils peut-être? »

Alors la voix de Guillou s'éleva :

« Il n'est pas méchant, l'instituteur!

— Parce qu'il t'a fait écosser des
haricots? Tu aimes bien ça, des travaux
de domestique, de propre à rien... Mais il
te fera lire aussi, et écrire, et compter...
Et avec lui, ajouta Paule, il faut que

ça marche. Tu penses! l'instituteur! »

Guillou répéta, d'une voix basse et trem-
blante : « Il n'est pas méchant, il m'a fait
lire déjà, il dit que je lis bien... » Mais sa
mère, Mamie et Fräulein de nouveau se cha-
maillaient, et elles ne l'entendirent pas. Tant
pis! tant mieux! Il garderait son secret. L'instituteur lui avait fait lire à haute voix *L'Ile
mystérieuse*. Demain, il commencerait *Sans
Famille*. Tous les soirs, il irait chez M. Bordas. Il regarderait aussi longtemps qu'il en
aurait envie la photographie de Jean-Pierre.
Il aimait follement Jean-Pierre. Il deviendrait
son ami pendant les grandes vacances. Tous
les livres de Jean-Pierre, il les feuilletterait
un à un : ces livres que les mains de Jean-
Pierre avaient touchés. Ce n'était pas de
M. Bordas, c'était de ce garçon inconnu que
venait le bonheur dont Guillou débordait,
qu'il garda en lui tout ce soir-là, durant le
repas interminable où les dieux irrités étaient

114

séparés par des steppes de silence et où Guillou écoutait Galéas mastiquer et déglutir.
Ce bonheur l'habitait encore tandis qu'il se
déshabillait presque à tâtons entre le mannequin et la machine à coudre, qu'il grelottait sous ses draps tachés, qu'il recom-
mençait sa prière parce qu'il n'avait pas fait
attention au sens des mots, qu'il luttait contre
l'envie de se coucher sur le ventre. Longtemps après que le sommeil l'eut pris, un
sourire illuminait cette très vieille figure d'enfant à la lèvre pendante et mouillée, un sourire dont sa mère se fût étonnée peut-être
si elle avait été de celles qui viennent border
dans son lit et bénir leur petit garçon endormi.

Vers cette heure-là, Léone criait à son
mari qui continuait de lire.

« Regarde ce qu'il a fait du livre de Jean-
Pierre, ce petit sagouin! des traces de doigt
partout. Et même des traces de morve! Quelle

115

idée nous a pris de lui prêter les livres de Jean-Pierre?

— Ce ne sont pas des objets consacrés... Tu n'es pas la mère du Messie... »

Léone déconcertée haussa encore le ton :

« Et d'abord, moi, je ne veux plus le voir ici, le sagouin. Donne-lui ses leçons dans la salle de l'école, à l'écurie, où tu voudras, mais pas chez nous. »

Robert ferma le livre, se leva et vint s'asseoir près de sa femme, devant le feu.

« Tu n'as pas de suite dans les idées, dit-il. Tout à l'heure tu me reprochais d'avoir éconduit la vieille baronne et maintenant tu m'en veux d'avoir trop bien reçu sa belle-fille... Avoue que c'est la femme à barbe qui te fait peur. Pauvre femme à barbe! »

Ils rirent tous deux.

« Avec ça que tu n'en serais pas fier! dit Léone en l'embrassant. Je te connais! avec la dame du château!

116

— Même si je voulais, je crois que je ne pourrais pas.

— Oui, dit Léone. Tu m'as expliqué ce qui distinguait les hommes : il y a ceux qui peuvent toujours et ceux qui ne peuvent pas toujours...

— Oui, et ceux qui peuvent toujours ne vivent que pour la chose, parce qu'on a beau dire, c'est ce qu'il y a de plus agréable au monde...

— Et ceux qui ne peuvent pas toujours, enchaîna Léone (ils entretenaient entre eux de secrètes rengaines, qu'ils rabâchaient depuis leurs fiançailles, et qui les aidaient pour finir leurs disputes)... Ceux-là se donnent à Dieu, ou à la science, ou à la littérature...

— Ou à l'homosexualité », conclut Robert.

Elle rit et passa dans le cabinet de toilette, sans fermer la porte. Tandis qu'il se déshabillait, il lui cria :

« Tu sais, ça m'aurait intéressé de m'occuper du sagouin! »

Elle sortit du cabinet et vint à lui, l'air heureux, le cheveu tressé et pauvre, gentille dans sa chemise de pilou rose délavé :

« Alors, tu y renonces?

— Ce n'est pas à cause de la femme à barbe, dit-il. Mais j'ai réfléchi : il faut rattraper ça. J'ai eu tort d'accepter. Nous ne devons pas avoir de relations avec le château. La lutte des classes, ce n'est pas une histoire pour les manuels. Elle est inscrite dans notre vie de chaque jour. Elle doit inspirer toute notre conduite. »

Il s'interrompit : à croupetons, elle coupait les ongles de ses orteils; elle était résolue à ne pas l'écouter. On ne peut pas parler avec les femmes. Le sommier gémit sous ce grand corps. Elle vint se blottir contre lui et souffla la bougie. Une odeur de suif régna qu'ils aimaient tous deux parce qu'elle

118

était annonciatrice de l'amour, du sommeil.

« Non, pas ce soir », dit Léone.

Ils chuchotèrent.

« Ne me parle plus, je dors.

— J'ai encore quelque chose à demander : comment faire pour se débarrasser du sagouin?

— Tu n'as qu'à écrire à la femme à barbe, lui expliquer le coup de la lutte des classes. C'est une personne à comprendre la chose... Mlle Meulière, tu penses! Nous lui ferons porter la lettre demain matin par un drôle... Regarde comme la nuit est claire! »

Des coqs se répondaient. Dans la lingerie du château où Fräulein avait oublié de fermer les rideaux, la lune éclairait Guillou, petit fantôme accroupi sur son vase, et derrière lui, se dressait, sans bras et sans tête, le mannequin qui ne servait jamais.

IV

CETTE lettre apportée par un drôle avait fait descendre de leur chambre beaucoup plus tôt que de coutume, sa mère et Mamie. Elles avaient ces têtes terribles des vieux quand ils se réveillent, et qu'ils ne sont pas encore lavés, et que leurs dents grises enchâssées dans du rose emplissent un verre à leur chevet. Le crâne de Mamie luisait entre les mèches jaunies, et sa bouche vide aspirait les joues. Elles parlaient toutes les deux à la fois. Galéas attablé entre ses deux chiens courants dont la gueule claquait lorsqu'il leur jetait une bouchée, buvait son café comme si ça lui faisait mal. On eût dit que chaque gorgée passait avec peine. Guillaume croyait que c'était l'énorme pomme d'Adam de son père qui faisait barrage à la nourriture. Il arrêtait sa pensée sur son père. Il ne voulait pas comprendre ce que signifiaient les injures qu'échangeaient sa mère et Mamie à propos de cette lettre. Mais il savait déjà qu'il n'entrerait plus jamais dans la chambre de Jean-Pierre.

« Cela ne m'atteint pas, vous pensez bien! ce petit instituteur communiste! criait Mamie. C'est à vous qu'il a écrit : le camouflet est pour vous, ma fille.

— Pourquoi un camouflet? C'est une leçon qu'il me donne, et qu'il a eu raison de me donner, et que je reçois sans honte. La lutte des classes? mais j'y crois, moi aussi. Sans lui vouloir de mal, je l'avais incité à trahir la sienne...

— Qu'est-ce que vous allez chercher, ma pauvre fille!

122

LE SAGOUIN

— Ce garçon qui a toute la vie devant
lui, qui a le droit de tout espérer, j'ai cherché
à le compromettre dans l'esprit de ses cama-
rades et de ses chefs... Et pour qui? je vous
le demande! pour un petit arriéré, pour un
petit dégénéré...

— Je suis là, Paule. »

Elle devina plus qu'elle ne comprit cette
protestation de Galéas qui n'avait pas levé
le nez du bol plein de pain trempé. Lorsqu'il
était ému, sa langue épaisse ne laissait passer
qu'une bouillie de mots. Il ajouta à voix
plus haute :

« Et Guillaume aussi est là.

— Ce qu'il faut entendre, tout de même! »
cria Fräulein en disparaissant dans la souillarde.

Cependant la vieille baronne retrouvait le
souffle :

« Guillaume est aussi votre fils, il me
semble! »

123

C'était la haine qui accélérait les hoche-
ments séniles de ce crâne déjà dénudé, déjà
préparé pour le néant. Paule lui souffla à
l'oreille :

« Regardez-les donc tous les deux. L'un
n'est-il pas la réplique de l'autre? Voyons!
C'est hallucinant! »

La vieille baronne se redressa, considéra
sa bru de bas en haut et sans rien répondre,
sans une parole pour Guillou, quitta la cuisine. Il n'y avait rien à déchiffrer sur la petite
figure grise de l'enfant. D'ailleurs, un épais
brouillard régnait; et comme Fräulein ne
lavait jamais les vitres de l'unique fenêtre,
la cuisine n'était guère éclairée que par la
flambée de sarments. Les deux chiens cou-
chés, le museau dans les pattes, les pieds mal
équarris de la table énorme en furent un
instant comme embrasés.

Personne ne parlait plus. Paule avait passé
la mesure, elle-même en avait conscience :

elle avait offensé la race, des milliers de
pères endormis. Galéas se dressa sur ses
longues jambes, s'essuya les lèvres du revers
de sa main, demanda au petit s'il avait là sa
pèlerine. Il l'agrafa lui-même à ce cou d'oiseau et lui prit la main. Il donna des coups
de pied aux deux chiens qui sautaient sur
lui, voulaient le suivre. Fräulein lui demanda
où ils allaient. Paule répondit pour lui :

« Au cimetière, bien sûr ! »

Oui, c'était au cimetière qu'ils allaient.
Un soleil rouge luttait contre le brouillard
qui se lèverait peut-être ou retomberait en
pluie : Guillou tenait la main de son père,
mais très vite il dut la lâcher tant elle était
moite. Ils n'échangèrent aucune parole jusqu'à l'église. Le tombeau des Cernès se dresse
contre le parapet du cimetière qui domine
la vallée du Ciron. Galéas alla prendre une
bêche dans la sacristie. Le petit s'assit sur

une pierre tombale, un peu à l'écart. Il rabattit son capuchon sur sa tête et ne bougea plus. M. Bordas ne voulait plus s'occuper de lui. Le brouillard était sonore : un cahot de charrette, un chant de coq, un moteur monotone se détachaient de l'accompagnement ininterrompu du moulin sur le Ciron, de l'écluse où les garçons se baignent nus, l'été. Un rouge-gorge chantait tout près de Guillaume. Les oiseaux de passage qu'il aimait étaient passés. M. Bordas ne voulait plus s'occuper de lui. Personne d'autre ne le voudrait. Il dit à mix-voix : « Ça m'est bien-t-égal... » Il répéta comme pour braver un ennemi invisible : « Ça m'est bien-t-égal... » Quel vacarme faisait l'écluse! c'est vrai qu'il n'y a pas un kilomètre à vol d'oiseau. Un moineau sortit de l'église par le trou du vitrail. « Le Bon Dieu n'y est pas... » c'était de ces choses que disait Mamie : « On a enlevé le Bon Dieu... » Il n'est pas ailleurs

No

qu'au ciel. Les enfants morts deviennent
pareils à des anges et leur face est pure et
resplendit. Les larmes de Guillou, Mamie
dit qu'elles sont salissantes. Plus il pleure et
plus il a la figure sale, à cause de ses mains
pleines de terre dont il se barbouille. Quand
il va rentrer, sa mère lui dira... Mamie lui
dira... Fräulein lui dira...

M. Bordas ne veut plus s'occuper de lui.
Il n'entrera plus jamais dans la chambre de
Jean-Pierre. Jean-Pierre. Jean-Pierre Bordas.
C'est drôle d'aimer un garçon qu'on n'a
jamais vu, qu'on ne connaîtra jamais. « Et
s'il m'avait vu, il m'aurait trouvé vilain, sale
et bête. » C'est ce que sa mère lui répète
chaque jour : « Tu es vilain, sale et bête. »
Jean-Pierre Bordas ne saurait jamais que
Guillaume de Cernès était vilain, sale et
bête : un sagouin. Et qu'était-il encore?
qu'avait dit sa mère tout à l'heure : ce mot
qui avait été comme une pierre que papa eût

il est maintenant
convaincu qu'il
n'est qu'un sagouin

127

reçue dans la poitrine? Il chercha et ne trouva
que « régénéré ». C'était un mot qui ressemblait à « régénéré ».

Ce soir il dormirait, mais pas tout de suite.
Il faudrait attendre le sommeil, attendre durant une nuit pareille à celle de la veille où
il avait frémi de bonheur; il s'était endormi
en pensant qu'au réveil il reverrait M. Bordas, que le soir dans la chambre de Jean-
Pierre, il commencerait à lire *Sans Famille*...
Ah! penser qu'autour de lui, ce soir, tout
serait pareil!... Il se leva, contourna la tombe
des Cernès, enjamba le parapet, prit un sentier en pente raide qui descendait vers le
Ciron.

Galéas tourna la tête et vit que l'enfant
n'était plus là. Il s'approcha du parapet : le
petit capuchon bougeait entre les règes de
vigne, s'éloignait. Galéas jeta sa bêche et
prit le même sentier. Quand il ne fut plus
qu'à quelques mètres de l'enfant, il ralentit.

Guillou s'était débarrassé du capuchon. Il
n'avait pas de béret. Entre ses grandes
oreilles décollées sa tête rase paraissait toute
petite. Ses jambes étaient deux sarments ter-
minés par des souliers énormes. Son cou de
poulet émergeait de sa pèlerine. Galéas dévo-
rait des yeux ce petit être trottinant, cette
musaraigne blessée, échappée d'un piège et
qui saignait; son fils, pareil à lui, avec toute
cette vie à vivre, et qui pourtant souffrait déjà,
depuis des années. Mais la torture commençait à peine. Les bourreaux se renouvel-
leraient : ceux de l'enfance ne sont pas ceux
de l'adolescence. Et il y en aurait d'autres
encore pour l'âge mûr. Saurait-il s'engourdir,
s'abrutir? Aurait-il à se défendre, à tous les
instants de sa vie, contre la femme, contre
cette femme toujours là, contre cette figure
de Gorgone salie de bile? La haine l'étouf-
fait, mais moins forte que la honte parce
que c'était lui, le bourreau de cette femme.

129

Il ne l'avait prise qu'une fois, qu'une seule fois; elle avait été comme une chienne enfermée, non pas l'espace de quelques jours mais durant toute sa jeunesse, et elle avait des années encore devant elle à hurler après le mâle absent. Et lui, Galéas, de quels songes, accompagnés de quels gestes, trompait-il sa faim! Chaque soir, oui, chaque soir... Et le matin encore... Tel serait le sort de cet avorton né de leur unique embrassement, qui trottait, se hâtait, vers quoi? Le savait-il? Bien que le petit n'eût à aucun moment tourné la tête, peut-être avait-il flairé la présence de son père. Galéas en fut tout à coup persuadé : « Il n'ignore pas que je le suis à la trace. Il ne cherche ni à se cacher de moi, ni à brouiller ses pistes. C'est un guide qui me mène là où il souhaite que j'aille avec lui. » Galéas ne regarde pas en face l'issue vers laquelle se hâtent les deux derniers Cernès. Deux aulnes frémissants annoncent que la

130

rivière est proche. Ce n'est plus le roi des
aulnes qui poursuit le fils dans une dernière
chevauchée, mais l'enfant lui-même qui entraîne son père découronné et insulté vers
l'eau endormie de l'écluse où l'été les garçons se baignent nus. Voici qu'ils sont près
d'atteindre les humides bords du royaume,
où la mère, où l'épouse ne les harcèlera plus.
Ils vont être délivrés de la Gorgone, ils vont
dormir.

Ils avaient pénétré sous le couvert des
pins que le voisinage de la rivière rend énormes. Les fougères encore vivantes étaient
presque aussi hautes que Guillou dont Galéas
apercevait, émergeant à peine de leur houle
fauve, le crâne tondu; et il disparaissait de
nouveau à un tournant du chemin de sable.
Ils auraient pu rencontrer un résinier, le muletier du moulin, un chasseur de bécasses. Mais
tous les comparses s'étaient retirés de ce

coin du monde pour que s'accomplisse enfin l'acte qu'ils devaient commettre, — l'un entraînant l'autre? ou le poussant malgré lui? Qui le saura jamais? Il n'y eut d'autres témoins que les pins géants pressés autour de l'écluse. Ils brûlèrent durant l'août qui suivit. On tarda à les exploiter. Ils étendirent long-temps leurs bras calcinés sur l'eau endormie. Longtemps encore, ils dressèrent dans le ciel leurs faces noires.

Il fut admis que Galéas s'était jeté à l'eau pour sauver son fils, que le petit s'était accro-ché à son cou et l'avait entraîné. Les vagues rumeurs qui avaient couru d'abord cédèrent vite devant cette image attendrissante d'un père que son fils en se raccrochant entraîne à l'abîme. Si quelqu'un hochait la tête et disait : « Pour moi, les choses n'ont pas dû se passer comme ça... » il n'arrivait pas à imaginer ce qui avait pu être. Non, n'est-ce pas? Comment soupçonner un père qui ché-

rissait son petit garçon et l'amenait avec lui
tous les jours au cimetière?... « M. Galéas
était un peu simple, mais le bon sens ne lui
manquait pas et il n'y avait pas plus doux. »

Personne ne disputa à Fräulein la pèlerine
de Guillou qu'elle avait détachée ruisselante
de son petit corps. La vieille baronne se
réjouissait parce que ses enfants Arbis
auraient Cernès; et puis Paule disparaissait de
sa vie. Les Meulière l'avaient recueillie. Elle
leur était retombée sur les bras, comme ils
disaient. Mais elle avait une tumeur « de
mauvaise nature ». Sur les murs ripolinés,
dans cette atmosphère suffocante de la cli-
nique (et l'infirmière rentre avec le bassin,
que vous le vouliez ou que vous ne le vouliez
pas, et même si vous n'avez plus la force
d'ouvrir les yeux — et cette morphine que
son foie supportait mal — et ces visites de
sa tante désolée d'une énorme dépense inu-

tile puisque la récidive était certaine), sur ces murs ripolinés parfois la grosse tête frisée de Galéas lui apparaissait comme sur l'écran, et le sagouin levait au-dessus d'un livre déchiré, d'un cahier taché d'encre, sa petite figure barbouillée et anxieuse. Peut-être imaginait-elle ces choses? L'enfant s'était approché du bord le plus possible : il tremblait, il avait peur, non de la mort mais du froid. Son père s'était avancé à pas de loup... Là, elle hésitait : l'avait-il poussé, et s'était-il précipité après lui? ou bien avait-il pris l'enfant dans ses bras en lui disant : « Serre-moi bien fort, ne tourne pas la tête... » Paule ne savait pas, elle ne le saurait jamais. Elle était contente que sa mort à elle fût si proche. Elle répétait à l'infirmière que la morphine lui faisait mal, que son foie ne supportait aucune piqûre, elle voulait boire ce calice jusqu'à la dernière goutte — non certes qu'elle crût qu'il existe, ce monde invisible où nos victimes nous ont

134

précédés, où nous pourrons tomber aux
genoux des êtres qui nous avaient été confiés
et qui, par notre faute, se sont perdus. Elle
n'imaginait pas qu'elle pût être jugée. Elle
ne relevait que de sa conscience. Elle s'absol-
vait d'avoir eu horreur d'un fils, réplique
vivante d'un horrible père. Elle avait vomi
les Cernès, parce qu'on n'est pas maître de
sa nausée. Mais il avait dépendu d'elle de ne
pas partager la couche de ce monstre débile.
Cet embrassement à quoi elle avait consenti,
voilà à ses yeux l'inexpiable crime.

La douleur parfois était si aiguë que Paule
cédait à la tentation de la morphine. Alors
dans la rémission un instant obtenue, elle
songeait à d'autres vies qui eussent été pos-
sibles. Elle était la femme de Robert Bordas; des petits garçons robustes l'entouraient,
dont la lèvre inférieure n'était pas pendante,
et qui ne bavaient pas. L'homme la prenait
chaque soir dans ses bras. Elle dormait contre

sa poitrine. Elle rêvait du pelage des mâles, de leur odeur. Elle ne savait pas quelle heure du jour ou de la nuit il était. Déjà la douleur cognait à la porte, pénétrait en elle, s'installait, commençait à la dévorer lentement.

Une mère qui a honte de son fils et de son petit-fils, cela ne devrait pas être permis, songe Fräulein. Elle ne pardonne pas à sa maîtresse d'avoir si peu pleuré Galéas et Guillou, d'avoir peut-être été contente de leur mort. Mais Mme la baronne le paiera cher. Les Arbis ne la laisseront pas mourir en paix à Cernès. « Si je répétais à Mme la baronne ce que leur chauffeur disait, le soir de l'enterrement! Un jardinier, un aide-jardinier, deux domestiques, tout un train de maison à son âge, ils trouvent que ce n'est pas raisonnable. J'ai su qu'ils s'étaient informés des prix à la maison de retraite de Verdelais chez les Dames de la Présentation. » La

136

baronne agite sa tête de rapace chauve au-
dessus des oreillers. Elle n'ira pas chez les
Dames de la Présentation. « Si les Arbis
l'ont décidé, Mme la baronne ira, et moi
avec elle. Mme la baronne n'a jamais su
dire non aux Arbis : ils lui font peur, et à
moi aussi ils me font peur. »

Aujourd'hui jeudi, les enfants ne viendront
pas. Mais l'instituteur a du travail à la mairie.
Il passe rapidement une main éponge sur sa
figure tuméfiée par le sommeil. A quoi bon
se raser, et pour qui? Il ne met pas de souliers : par un temps pareil, les chaussons tien-
nent les pieds chauds et avec les sabots, il
n'y a pas à craindre de les mouiller. Léone
est allée à la boucherie. Il écoute la pluie sur
les tuiles : une flaque s'élargit d'une ornière
de la route à l'autre. Lorsque Léone rentrera,
elle lui demandera : « A quoi penses-tu? »
Il répondra : « A rien. » Ils n'ont parlé de

137

Guillou que le jour où les corps ont été repêchés contre la roue du moulin. Ce jour-là, il a dit une seule fois : « Le petit s'est tué, ou bien c'est son père qui... » et Léone a haussé les épaules : « Penses-tu! » Et puis ils n'ont jamais plus prononcé le nom de l'enfant. Mais Léone sait que le petit squelette sous sa pèlerine et sous son capuchon erre jour et nuit entre les murs de l'école et se faufile dans la cour de récréation, sans se mêler aux jeux. Elle est à la boucherie. Robert Bordas entre dans la chambre de Jean-Pierre, prend *L'Ile mystérieuse*; le livre s'ouvre seul à la même page : « ... Le pauvre être fut sur le point de s'élancer dans le creek qui le séparait de la forêt et ses jambes se détendirent un instant... Mais presque aussitôt il se replia sur lui-même. Il s'affaissa à demi et une grosse larme coula de ses yeux. « Ah! s'écria Cyrus Smith, te voilà donc « redevenu un homme puisque tu pleures! »

M. Bordas s'assit sur le lit de Jean-Pierre,
le gros livre rouge et or ouvert sur ses genoux.
Guillou... l'esprit qui couvait dans cette chair
souffreteuse, ah! que c'eût été merveilleux
de l'aider à jaillir! Peut-être était-ce pour ce
travail que Robert Bordas était venu en ce
monde. A l'Ecole normale, un de leurs maîtres leur apprenait les étymologies : *instituteur* de *institutor,* celui qui établit, celui
qui instruit, celui qui institue l'humanité dans
l'homme; quel beau mot! D'autres Guillou se
trouveraient sur sa route peut-être. A cause
de l'enfant qu'il avait laissé mourir, il ne
refuserait rien de lui-même, à ceux qui vien-
draient vers lui. Mais aucun d'eux ne serait
ce petit garçon qui était mort parce que
M. Bordas l'avait recueilli, un soir, et puis
l'avait rejeté comme ces chiots perdus que
nous ne réchauffons qu'un instant. Il l'avait
rendu aux ténèbres qui le garderaient à jamais. Mais étaient-ce bien les ténèbres? Son

139

regard cherche au-delà des choses, au-delà des murs et des meubles et des tuiles du toit, et de la nuit lactée, et des constellations de l'hiver, cherche, cherche ce royaume des esprits d'où peut-être l'enfant éternellement vivant voit cet homme et, sur sa joue noire de barbe, la larme qu'il oublie d'essuyer.

L'herbe du printemps envahit le cimetière de Cernès. Les ronces recouvrirent les tombes abandonnées, et la mousse acheva de rendre les épitaphes indéchiffrables. Depuis que M. Galéas a pris son petit garçon par la main et a choisi de partager leur sommeil, il n'y a plus personne à Cernès pour s'occuper des morts.

ŒUVRES DE FRANÇOIS MAURIAC

ROMANS

POÈMES

ESSAIS ET CRITIQUES

Cet ouvrage a été imprimé en France par

CPI
Bussière

à Saint-Amand-Montrond (Cher)
en novembre 2009

POCKET - 12, avenue d'Italie - 75627 Paris Cedex 13

— N° d'imp. : 91604. —
Dépôt légal : 1er trimestre 1977.
Suite du premier tirage : novembre 2009.